PLÍNIO MOURA

O Grande Rei

Planeta

PLÍNIO MOURA

O Grande Rei

Planeta

Preparação: Fernanda Guerriero Antunes
Revisão: Gleice Couto e Valquíria Matiolli
Projeto gráfico e diagramação: Nine Editorial
Capa: Renata Spolidoro
Imagem de capa e ilustrações: Plínio Moura

DADOS INTERNACIONAIS DE CATALOGAÇÃO NA PUBLICAÇÃO (CIP)
ANGÉLICA ILACQUA CRB-8/7057

Moura, Plínio
O grande rei / Plínio Moura. -- São Paulo : Planeta do Brasil, 2025.
176 p. : il., color.

ISBN 978-85-422-2998-1

1. Literatura brasileira I. Título

24-5335 CDD B869

Índice para catálogo sistemático:
1. Literatura brasileira

MISTO
Papel | Apoiando o manejo florestal responsável
FSC® C005648

Ao escolher este livro, você está apoiando o manejo responsável das florestas do mundo e outras fontes controladas

2025
Todos os direitos desta edição reservados à
Editora Planeta do Brasil Ltda.
Rua Bela Cintra, 986, 4º andar – Consolação
São Paulo – SP – 01415-002
www.planetadelivros.com.br
faleconosco@editoraplaneta.com.br

Ao meu avô-menino, que, de tão menino, poderia me estender a mão pedindo-me "a bênção". E eu lhe diria, beijando vossa mãozinha: "Deus te abençoe, vô!".

1

Quando eu era criança, uma professora pediu que minha turma escrevesse uma redação de quinze linhas sobre o que queríamos ser quando crescêssemos. E disse assim: "Só depois das quinze linhas coloquem o título!". Boa parte da turma, inclusive eu, foi literária demais – ao terminar a redação, colocou o título no que seria a décima sexta linha, no rodapé da página!

A professora ficou nada contente, pois todo mundo sabe que o lugar do título é antes do texto, não depois. Ela quis nos aconselhar, do alto de sua sabedoria, que é melhor batizar uma redação depois de escrita – quando o texto realmente existe. Uma lógica diferente da aplicada entre as pessoas, que, ainda escondidas na barriga de suas mães, recebem o carimbo de seus nomes. É dito: "Vai se chamar Iracema!" – ainda que acabe nascendo alguém que seria uma ótima Maria Júlia.

Talvez a exigência das quinze linhas tenha nos capturado pela ansiedade: "Treze... catorze... quinze! Pronto, vou colocar o título!". Éramos como robozinhos sendo configurados para a vida.

"O que você quer ser quando crescer?" Toda criança já precisou largar os carrinhos e as bonecas para se debruçar sobre esse tema. Uma pergunta insistente da parte dos adultos, que muitas vezes não se autoconhecem, mas, ainda assim, se sentem no direito de exigir que as crianças se autoconheçam o suficiente. Ora! Nem sequer escolhemos os nossos nomes...

Os adultos não aceitam "*assistidor* profissional de desenhos animados" como resposta. Tampouco "brincador profissional com experiência em modalidades diversas". Não. Com ares de boas intenções, tão cedo nos semeiam ansiedade com essa decisão que cabe ao futuro, e que cada vez menos precisa ser definitiva. Algo que vai na contramão da natureza da infância, e que nos distrai do presente. Pode acontecer, e cada vez mais acontece, de o caminho que uma criança vai trilhar quando adulta ser uma mata fechada. Muitas profissões ainda estão por ser inventadas, e alguns caminhos poderão ser desbravados por um único ser.

Eu era só um menino! Havia em meu coração o sentimento de que poderia ser qualquer coisa, ou muitas ao mesmo tempo. Uma criança pode ser o que quiser em sua imaginação, porém tão jovem já começaram a apagar isso em mim com a entediante ideia de que no futuro eu precisaria ser uma única coisa para sempre. Ou melhor, uma coisa só até o fim da vida... Que, no caso, era a minha.

O futuro é como um horizonte do tempo. Na brincadeira dos adultos, ele é eleito como "destino". Achamos que vamos viver nossas fantasias quando ao futuro enfim chegarmos. Nessa peleja vamos roendo-nos, sem nunca de fato alcançá-lo. Depositamos nossas expectativas em um amanhã que, depois de muitos amanhãs, supostamente nos trará o direito de exercer a felicidade. Na conta de um "eu" que ainda seremos. Portanto, um "eu" que nem sequer existe. Enquanto isso, distraídos, vivemos vários agoras. E o tempo vai passando... Logo, a vida.

Alguns colegas escreveram que queriam ser veterinários, dado o encanto natural que as crianças costumam ter pelos bichos. Outros queriam exercer a profissão que seus pais os fizeram acreditar que queriam. Havia também os muitos e muitos que sonhavam em ser jogador de futebol, afinal é o esporte mais popular da Terra!

Sobretudo no Brasil, onde se confunde com brincadeira. Observe-se que toda escola tem uma quadra ou um campinho para o recreio. Acho que o sonho de ser jogador de futebol tem relação com a vontade reprimida de ser "brincador profissional". Vontade de se segurar na infância...

Tenho um primo cujo pai era delegado de polícia – hoje, aposentado. Quando perguntavam o que ele queria ser quando crescesse, respondia: "Ladrão! Para dar trabalho ao meu pai". Cresceu. É administrador em uma rede de supermercados.

Eu tinha um sonho, digamos, "diferente". Queria ser... um dinossauro! Gostava de dinossauros! Mas sabia que não era possível. Eu era criança, nem por isso tão ingênuo assim. Então, escrevi que sonhava ser, pam-pam-pam: um super-herói! Pois se tornar um super-herói ainda hoje me parece razoavelmente possível.

A professora leu minha redação com ar de estranheza. Achou o meu sonho um tanto absurdo. Lia, me espiava por cima da armação dos óculos dourados, balançava a cabeça em sinal negativo e voltava à leitura. Foi quando, taxativa, profetizou:

– Super-herói!? Você gosta de desenhar! Vai ser arquiteto.

Ela poderia ter me encorajado a seguir por diversas profissões que me fariam encontrar o heroísmo descrito na redação. Poderia ter olhado para si, por exemplo, e dito: "Seja professor! Em matéria de Brasil, é ato heroico". Poderia ter sugerido vários outros caminhos, mas apontou aquele que sua lógica cartesiana entendeu por mais óbvio.

Desconhecia por completo o heroísmo dos bombeiros de Brumadinho em 2019, diante da barragem que rompeu, soterrando vidas. Ou dos profissionais da saúde e outros serviços essenciais, ante a pandemia que nos alcançou em 2020. Desconhecia, mas não por ignorância! Na verdade, esses exemplos que menciono ainda iriam acontecer... Estavam escritos nas páginas do inavistável futuro, na linha do horizonte do tempo. Mas quanto do presente e passado minha professora não observou?

Apesar desse aparente protesto, entendo que não fez por mal. "Faça aquilo que gosta de fazer", foi o que ela quis dizer. "Não erre no simples!" Para quem erra no simples, é difícil acertar em questões complexas. Um conselho de mestra! Uma mestra conselheira...

Passados tantos anos, de tudo que quase me disseram na escola, de tudo que quase aprendi, essa é uma das lições que ainda hoje consegue fazer sentido. *Bhaskara*, particularmente, nunca utilizei.

2

Eu achava toda "gente grande" esquisita. Bebiam para ficar alegres, fumavam para tossir. Por que alguém quer tossir? Crianças não fazem nada disso e me parecem mais felizes. Admiram-se com tudo que veem pela primeira vez, até que o tempo vai passando e as toma pela mão. É nesse arrasto que os elementos da vida vão deixando de ser novidade. Como se as crianças diminuíssem ao mesmo tempo que crescem, ou como se tomassem distância do terno potencial que outrora tiveram para imaginar, se encantar e se permitir dizer as graças que apenas criança diz. Até mesmo os mistérios que fazem com que as nuvens flutuem e as estrelas brilhem caem na senda do costume, ainda que poucos saibam explicá-los... Apenas os aceitamos sem maiores surpresas. Logo, desencantados.

Invariavelmente, a rotina nos consome, e uma enorme bola suspensa no céu noturno – a Lua – já não causa fascínio. Até a coisa mais exótica, como trabalhar em um zoológico alimentando leões, perde o brilho do inusitado quando se é o funcionário que dia a dia os alimenta. Mesmo se voássemos, andássemos sobre as águas ou falássemos com os bichos, mesmo que soltássemos fogo pelas ventas, nada disso seria fantástico, uma vez que fizesse parte da nossa rotina. O mesmo celular que causaria espanto aos nossos bisavós, parecendo ser coisa de outro mundo, hoje nos é normal. Os espelhinhos que dizem outrora ter encantado os povos originários do Brasil, quando apresentados pelos colonizadores portugueses, igualmente nos é banal, ainda que poucos saibam de fato explicar como os espelhos refletem, ou como os aviões voam, ou como funciona o zilhão de trecos que outros inventaram, e de que nós apenas usufruímos. É justo que nos caibam outros inventos, avançando na ciência e tecnologia, ou no que quer que seja, apoiados nas descobertas do passado – remoto ou não. Mas verdade seja dita: a maioria de nós parece pouco inventiva, ou a zona de conforto é confortável demais. Porém, a preguiça não é o ponto nesta ladainha, mas sim o esquecimento. À medida que "adultecemos", esquecemos como é bom ter "olhos de primeira vez". Uma pena! Daquelas penas pesadas, não daquelas outras que fazem pássaro voar. Tão pesada que conserva os nossos pés no chão, quase atolados... Tão, tão, tão engessada que aponta com estranheza aqueles que ainda são, por "atrevimento", sonhadores. O prejuízo é do mundo, quando o mundo acorda um sonhador.

Todavia, o tempo também passou para mim. Ele passa para tudo e todos. E, embora eu achasse gente grande esquisita, também cresci! E, para a alegria de uma professora que nunca mais voltei a ver – gosto de pensar que ela ficaria alegre –, me tornei arquiteto. Nem por isso, exatamente feliz. Prova de que acertar no simples não nos garante acertar no complexo.

TETO

Contudo, crescido e com profissão, me recusei a propriamente "adultecer". Penso que ter escolhido um ofício ligado ao desenho me ajudou nessa recusa. Às vezes, deito no chão para ver o mundo como os cães, tal qual uma criança perfeitamente faria. Certa vez, aos vinte e poucos anos, inventei de dormir na rua apenas para aprender sobre a importância das casas. Coisa que criança alguma deveria fazer, mas que qualquer uma delas poderia propor ao inventar de morar numa árvore. E, noutra ocasião, para o deleite dos meus sonhos de super-herói, voei de asa-delta!

Lá do alto, levado pelos ventos, os morros pareciam bolinhos feitos por mãos gigantes. Evidências de um literalmente grande oleiro do planeta, do Universo, da vida e de seus mistérios. Ou talvez indícios de uma gigantesca criança que habitou a Terra em um passado esquecido e, por também adultecer, nos esqueceu, tomando lonjura inalcançável na extensão, mas finita na distância. Não deixando outra evidência senão a própria obra. Criança pura, brincando de modelar e de assoprar vida para sua massinha. Riscando com o dedo os caminhos dos rios e de todos os destinos. Moldando, com seu baldinho de praia, castelos de areia. E, quando dizemos "Olha só! Como aquela montanha lembra a cabeça de um elefante!", a criança-cosmo, criadora de tudo, sorri satisfeita com seu reconhecimento de artista. Havia na rocha modelado um elefante, nos rascunhos do que um elefante um dia seria.

Voando de asa-delta, todas as pessoas – absolutamente todas – pareciam pequenas, assim como nos são pequenas as formigas. E seus problemas pareciam, por sua vez, proporcionais – logo, menores ainda. Não é desmerecendo o tamanho das formigas, que, mesmo pequenas à escala humana, são gigantes para outros seres ainda menores. E que, mesmo pequenas para a escala humana, são capazes de nos tirar do eixo com um beliscão no pé, ou onde quer que seja... Assim como um subestimado probleminha também pode nos desaparecer o chão, pois tudo é questão de perspectiva! Hoje entendo que um problema não é grande se o tempo e uma asa-delta disserem o contrário. Mas também não julgo nenhum pequeno sem antes o conhecer de perto.

Um dia achei nos meus joelhos, debaixo dos pelos ralos de bicho-homem, cicatrizes dos ralados da minha infância, lembranças de que chorei. Em um canto da testa, estampada na cara, a marca que a quina de uma porta me deixou. Na mão esquerda, enorme, os traços de um bisturi de quando quebrei a mão na adolescência e um cirurgião precisou colocar pinos de aço. No cotovelo, o rasgo de um asfalto e a lembrança da minha mãe dizendo: "Acorde, meu filho! Reaja! Tem gente pior do que você". De novo, no meu rosto, o encontro dele com a ferragem de um carro. Mas essa já faz tanto tempo que só quando eu franzo a testa com raiva é que ela se revela – e quem sente raiva tem mais é que se ver revelado!

A gente se machuca tanto... Hoje já não corro, não subo em árvores, não traquino feito o menino que outrora fui. Nem por isso estou livre de tropeçar, e volta e meia tropeço.

Há aproximadamente seis anos, após o término de um relacionamento, enfrentei uma tristeza que o tempo parecia não resolver. Tristeza que me consumiu esfriando-me, emagrecendo-me, crescendo-me a barba. Coisa que acontece a cada um de nós em alguma altura da vida, visto que nada exposto ao tempo se sustenta *ad aeternum* – o que não quer em nada dizer que, na derradeira hora em que a questão se apresentar, estaremos preparados. Apenas na hora saberemos.

Não adianta eu tentar explicar o quanto aquela relação era especial para mim – seria em vão. Tantos outros vêm tentando com letras de música, romances, filmes, novelas... É mais eficaz que tente você, cara leitora, caro leitor, pensar na perda que te foi mais custosa na vida. Não precisa ser uma perda amorosa. Aqui laureamos tudo que se entenda por afeto. Então aí, nesse exercício de se colocar em meu lugar por intermédio de si, nessa empatia para comigo, me compreenderá.

Talvez possa concluir que a perda mais custosa não diz respeito a alguém, mas sobre perder a si mesmo. A tragédia de desencontrar-se. Foi mais ou menos isso que senti. Talvez mais, mas com certeza não menos. A mim parecia que o mundo havia perdido suas cores, as comidas, seus sabores, as flores, seus perfumes... Logo a vida, a graça. À sombra desse sentir, que em verdade é um não sentir, habita um perigo que nos pega pela distração do que acontece no vazio onde aparentemente nada acontece. É como se o peito passasse a ser uma gaveta insalubre, gelada, em que mofa o coração. Onde a luz não alcança, tampouco qualquer calor.

Queria desaparecer devagarzinho, como um barco some no horizonte ou um avião no ar, diluído na lonjura. Emagrecendo de tristeza, a cada grama, de fato, aos poucos eu literalmente desaparecia. Sentia vontade de ir para longe. Fugir do convívio das pessoas, que, por não sentirem o que eu sentia, não me eram solidárias. E, se porventura sentissem, talvez por consequência estivessem incapacitadas para qualquer reação de acolhimento, pois há sentimentos que chegam para aleijar.

Eu queria correr de todas as lembranças! Era-me uma tortura voltar para casa sozinho, tarde da noite, no ônibus que a prefeitura disponibilizava para os estudantes que se graduavam em outra cidade. A tortura não se dava pelo adiantar da hora, nem pelo ar-condicionado antártico, mas pelas lembranças que habitavam cada cantinho daquelas salas de aula, dos ônibus e caminhos. Manobrei minha vida para que eu pudesse estudar no turno matutino, fugindo dos fantasmas que vinham junto com o pôr do sol. Sei que fugir não é o bonito. Bonita é a coragem! Gostaria de dizer que enfrentei aquela situação com a cabeça erguida e de todo valente, mas nem sempre a história é sobre heroísmo. Ironia que a vida colocou justo para mim, que, quando menino, sonhava ser super-herói. Se um cenário pega fogo e você não pode combater o terrível incêndio, heroísmo pode te matar! A bem da verdade, eu sentia a angústia de estar numa casa em chamas, e fugi para me salvar. Não havia mais ninguém ali para ser salvo além de mim. Fui, talvez, o meu herói.

Desolado, perambulava sem destino, procurando qualquer coisa que me distraísse daquele vazio faminto por me devorar. Olhando para o céu – pois quem procura respostas tem mesmo o hábito de olhar para cima –, vi uma estrela que brilhava tão forte, mas tão forte, que, na falta de uma Lua, sua luz se refletia no mar. Acredita nisso? Uma estrela da noite refletida no mar... Tirei uma foto para provar caso alguém duvidasse, mas a foto me faz passar por mentiroso. Feito os registros frustrantes que fazemos da Lua com a câmera do celular – ao menos do meu, que nunca foi dos melhores.

Caminhando pela praia, olhando para as areias bordadas de pegadas, pois quem se prende a lembranças tem mesmo o costume de andar cabisbaixo, vi uma arraia se debatendo nas marolas que quebravam no raso. Aquilo me prendeu a atenção! Fui correndo a seu encontro para ver de perto como eu poderia ajudar, caso pudesse. A possibilidade de ajudá-la fez-me sentir útil. Entretanto, logo descobri que não era uma arraia, mas tão somente um chapéu de palha em cabriolas forçadas pelas ondas que quebravam no raso... Quase ri de mim mesmo – que bobo! Quase.

Quando por fim cheguei em casa – longe do mar, da areia, das estrelas-lua, das arraias-de-palha –, senti-me em tudo, menos em um lar. Lar é quando um lugar tem estado de espírito, e temos a sorte de nele morar. É quando a gente consegue olhar para si sem a ajuda de um espelho, nos reconhecendo nos recantos da nossa morada. A casa primeira, para além dos tijolos, é o corpo que a nossa alma habita. Eu não me reconhecia.

Aquele cenário, personagens e rotina me traziam lembranças maltratantes. No meu conflito, em algum momento lembrei-me do tudo que vi quando voei de asa-delta. Me sentia pequeno! E, motivado por um mistério interno, senti que deveria ir com o meu pesar ao encontro de montanhas. Quaisquer que fossem, talvez me fizessem perceber que, por mais que uma situação nos amedronte, podemos superá-la e chegar à paz do topo. Fui, é claro, motivado por uma esperança. Subir uma montanha é o jeito de ir às alturas sem tirar os pés do chão.

Na época eu não compreendia os impulsos que me moveram para retomar a paz. Mas compreendi, por sorte, que valia mais o ânimo do que a inércia. Na falta de uma direção, bem me serviu a bússola do peito com sua competência única para apontar caminhos. Às vezes, a vida nos exige que andemos no escuro, sem saber exatamente o que fazer, tateando com a intuição. Sem mais demora, o coração guiou meus pés a uma região mística da Bahia, que tem fama de ser visitada até mesmo por seres de outros planetas – a Chapada Diamantina –, e fui... com farpa de outro mundo.

Por ser um Parque Nacional, com suas regras de preservação, acho que não é permitido ir assim, sozinho, mata adentro, como fui. Existem os perigos da natureza selvagem e o risco de se perder. Mas, mais perdido do que eu, era difícil de encontrar. O perigo sem as rédeas do medo é sempre assim, mais arriscado. Porém, avaliei que nascemos sós, lançados ao mundo ventre afora – aventura maior é a própria vida! E risco maior é passar por ela sem de fato ter vivido.

Segui por caminhos que não são turísticos. Inóspitos. Onde cada um faz de si santuário em uma jornada silenciosa a sós consigo, e vai. Onde as matas, fechadas em suas copas, escondem os céus para os que caminham na terra, e com o mesmo mistério ocultam a terra para os que voam no céu. Onde os grilos, dada a escuridão desse cenário, pensam ser noite e cantam sem fim. Onde, apesar de tudo, marcada no chão existe uma trilha, caminhada de tempos em tempos pelos poucos que verdadeiramente se aventuram no autoconhecer. Se vamos fugir, que seja para dentro de nós mesmos. Onde podemos, é verdade, nos perder. Mas onde também podemos, por sorte ou algum merecimento, nos encontrar.

Carregava uma mochila cargueira com o necessário para aquele retiro, exílio e aventura. Isso inclui alimento, vestimenta, lanterna, abrigo. Mas também um caderno de capa preta e folhas em branco, com fome de anotações e rabiscos diversos, com sede das aquarelas que arrisco pintar. Carregava também muitos pensamentos, e eram estes – só eu sei – o que mais me pesavam.

Foi andando por essas veredas que o conheci.

3

Acho que me perdi. Ainda hoje não tenho certeza. Seguindo por uma trilha quase imaginária, eis que um caminho de pedrinhas brancas me chamou a atenção e por ele fui.

Durante a longa caminhada, me vinham pensamentos inquietantes sobre o contraste dos meus dias felizes com o desgosto que vivia naquele momento. Me sentia preso em um pesadelo, combativo para acordar. Por mil vezes tocava em meu peito uma música que me foi oferecida, à época, com todo carinho. Sua letra era quase uma promessa de retorno e amor eterno. Tocava em meus pensamentos, involuntariamente, como as que tocam na rádio sem que tenhamos escolha. Não conseguia fugir disso. Não dá para fugir de si mesmo. Não podemos tampar os ouvidos do coração e cantarolar “lá, lá, lá, lá, lá”, nos recusando a ouvir nossos sentimentos. Seja na cidade, seja no alto de uma montanha, nossa sombra nos acompanha.

Uma lembrança tão recorrente quanto aquela é feito um pássaro. Pode passar por nossa cabeça, pode até pousar por um instante... Mas não devemos permitir que faça um ninho. Uma lembrança recorrente que faz um ninho em nossa cabeça nos causará problemas para além do alvorecer. Engaiolará nossos pensamentos com seu canto lírico. Periga que não ouçamos mais nada! Portanto, convém deixar que a lembrança venha, mas sem segurá-la. Devemos permitir que ela possa ir embora da mesma forma que nos chegou.

Hoje eu sei disso, e digo com este tom de quem aconselha, mas na época não sabia. Naqueles dias, eu me sentia de todo perdido! A lembrança da relação que ruiu era recorrente. Tão viva quanto os ventos que decolam os passarinhos deste mundo. Ventos que em verdade não são exatamente vivos, mas que, mesmo assim, correm campos e oceanos, formam as ondas e fazem as árvores dançarem. Tínhamos planos de conhecer a Chapada Diamantina juntos, e agora eu fazia isso sozinho. Chorei. Quando nos sentimos sós, choramos com mais gosto. E, quando estamos de fato sós, aí é para desabar – e desabamos.

A trilha me levou para o alto de uma montanha. Uma brisa soprava constante, esfriando o suor da minha caminhada, anunciando o sereno que logo se instalaria. Era fim de tarde, então montei minha barraca e tratei de procurar lenha seca para acender uma fogueira. O sol estava para se pôr quando notei um brilho dourado na montanha vizinha. Seus últimos raios tocavam um objeto que de longe não consegui identificar, mas o curioso foi ver que havia um homem sentado a seu lado contemplando o pôr do sol. Tive o impulso de gritar, mas considerei que talvez o sujeito também quisesse ficar só. Pensamento conflitante, visto que "só" era tudo que eu não queria estar. Pensamento óbvio, visto que ninguém sobe uma montanha sozinho em busca de companhia. Ali percebi que eu carecia de alguém para compartilhar – no real sentido da palavra, não nesse que na internet banalizamos.

Enquanto decidia se faria algum sinal ou não, o homem catou seu objeto dourado e caminhou rumo ao oeste, na trilha do sol poente, como alguém que persegue a luz... *Eu não queria mesmo companhia!*, pensei alto, ou talvez tenha falado baixinho. Voltei a me concentrar em catar lenha seca, agora com um pouco mais de afinco, visto que logo anoiteceria.

Me lembro de que aquela foi uma noite linda. Não tinha Lua, mas também não tinham as luzes da cidade, e por causa disso as estrelas se espreguiçavam no céu. Dava para ver até a poeira cósmica! E, vez ou outra, uma estrela-cadente cortava a abóbada celeste... E, diante delas, eu fazia sempre o mesmo pedido, a fim de reforçar.

O tempo de fato esfriou, como profetizara aquela brisa... Fui para dentro da barraca, mas deixei a entrada aberta para espiar a fogueira. Fiquei pensando como é próprio do fogo a faculdade de transformar. Combustível, que no caso eram a lenha, oxigênio e calor: e lá estava a magia que transforma galhos secos em luz viva. Foi olhando as chamas dançarem que o cansaço da caminhada me reclamou o sono dos olhos, e adormeci. Eis que aconteceu de as estrelas-cadentes, talvez compadecidas, atenderem aos meus pedidos. Digo "meus", no plural, porque o fiz várias vezes. Mas em verdade era apenas um, por ser sempre o mesmo.

Sonhei com ela, pois sonhar era a maneira que as estrelas tinham de me dar sua companhia naquela noite, e talvez em todas as outras dali em diante. A alegria foi tanta que acordei! Tentei voltar para o sonho, não consegui. Deveria, pois o sonho era meu. O sono, também perdi.

Era madrugada. Na fogueira havia só brasas e uma última réstia de chama, que se apagou quando a olhei com os olhos confusos de quem acorda no meio da noite. Fechei o zíper da barraca. Confesso ter sentido um pouco de medo... Lá fora ainda deveria estar uma noite linda, mas desde crianças, quando estamos sozinhos, tememos a escuridão. Já adultos, mesmo no escuro, tememos a solidão. Lembrei-me do homem que assistia ao pôr do sol na montanha vizinha com seu objeto dourado. Imaginei se também estava sentindo medo. Fiquei receando ouvir algum som estranho na mata que aumentasse o temor em mim. Fiquei imaginando coisas, o que só piora tudo. Custou, mas adormeci.

Nos últimos instantes da madrugada, que são os primeiros do dia, ouvi os passarinhos acordando. Eles sempre acreditam que um novo dia nascerá, e cantam em louvor, com o céu ainda dormente. Uma fé que nunca se engana. Se acaso um dia os pássaros não cantarem em seu horário habitual, preocupe-se. Talvez o sol tenha se apagado.

Peguei-me pensando que eu gostaria de ser como um passarinho. Ter os hábitos de um passarinho, os problemas de um passarinho. Preocupar-me com felinos famintos e arapucas – nada mais! Com a semente do dia e a árvore da noite – pra que mais? Os ritos do sol, seu pôr e seu nascer, são como religião para os passarinhos. Assistem reunidos na copa de suas dormidas, que são tão templo quanto o céu. Se o dia nasce, passam horas de luz a voar. Se estiver se pondo, assistem juntinhos, gorjeando sobre como foi o dia. Depois fazem um respeitoso silêncio e assim vivem suas noites. Passe atento próximo a uma árvore e testemunhará esse ritual que se repete todo fim de tarde e ao raiar do dia. Um par de asas que se preze só pode ser costurado nas costas da liberdade, que estão sempre no avesso de um peito leve.

Eis que antes de amanhecer eu já havia despertado. Resolvi sair da barraca. A fogueira eram só cinzas. O céu estava pintado de um tom violeta-alaranjado e o horizonte já anunciava o leste – onde o sol nasceria. Foi quando ouvi uma voz terna me perguntar:

– Você também consegue ouvir?

Tomei um susto! Era o homem que vi no fim da tarde do dia anterior. Agora de perto pude notar que se vestia com extrema elegância. Seus cabelos e barba eram cor de mostarda, como feitos de trigo. Seus olhos eram azuis como o céu em um dia ensolarado. Vestia uma capa comprida azul de lapela vermelha. Uma larga faixa dourada na cintura, na altura do umbigo. Sua camisa e calça eram brancas. Em sua mão havia uma espada, e na cabeça estava o tal objeto dourado que vi brilhar na montanha vizinha – uma coroa, que ele tirou respeitosamente quando previu que o primeiro raio de sol surgiria.

Eis aqui um retrato do meu visitante:

– Quem é você?! – indaguei de imediato, atropelando a pergunta que ele me fizera.

– É, acho que não consegue. Parece ter barulho demais nos pensamentos. Silencie se quiser ouvir... Veja, o sol está nascendo! – me aconselhou com alguma propriedade no misterioso assunto.

– Ouvir o quê!? – retomei seu raciocínio.

– Apenas veja – respondeu com os olhos fixos no sol que aos poucos aparecia.

– Mas você quer que eu olhe ou escute?

– Que ouça com os olhos e enxergue com o coração, se puder e quiser.

Aquela fala misteriosa me soou familiar, mas também descabida demais para mim. Primeiro porque estava a sós no alto de uma montanha com uma pessoa que surgira do nada. Lembremos que ele carregava uma espada! Se eu precisasse gritar por socorro, ninguém me ouviria. Segundo, porque questionar aquela conversa sem pé nem cabeça me fez sentir-me adulto demais. Logo, esquisito.

A televisão me ensinou que "gente" é um bicho potencialmente perigoso. Quando eu entro em um ônibus vazio, por exemplo, procuro sentar sozinho. Pode até ter alguém que eu olhe e sinta vontade de conhecer, mas me sento sozinho. E na janela! Só sento junto de quem eu conheço, e fico cabreiro se algum estranho senta perto de mim. Estando o ônibus vazio, não é de se desconfiar?

Ele tirou dos bolsos um monte de papéis. Tinham desenhos diversos, e entre eles algo que me pareceu uma carta. De imediato se sentou no chão, fez um avião de papel com a tal carta e arremessou-a na direção do sol. A luz me cegou por um instante. Não vi o que aconteceu, mas o avião de papel sumiu e ele abriu um enorme sorriso.

Em minha cidade, há um louco varrido que anda pelas ruas vestido de vaqueiro. Diz coisas sem sentido e às vezes assusta as pessoas com suas gargalhadas inesperadas. Quando considerei que o brioso estranho estava usando uma coroa enquanto andava pelas montanhas, de imediato julguei que não batia bem das ideais. Pois julgar é coisa que fazemos muito bem. Ou melhor, fazemos muito, mas não bem.

– Você sabe o que busca? – o "rei" me surpreendeu com uma pergunta.

Eu estava cheio de dúvidas e recebi ainda mais essa para pensar.

– Engraçado, eu ia te perguntar algo parecido – respondi um tanto defensivo, ainda querendo saber o que ele fazia ali. Como se aquele lugar me pertencesse e ninguém pudesse se aproximar sem que eu me sentisse invadido.

– Então não sabe... – lamentou o monarca.

Seu pesar foi de uma solidão que me fez meditar. Como se ele quisesse conversar assuntos fantásticos, mas eu não entendesse seu idioma. Ou pior, eu nem sequer pudesse ouvi-lo. Ou, ainda pior, nem sequer pudesse ouvi-lo ou decifrar possíveis mímicas. Naquele momento me questionei se eu sabia o que estava fazendo ali.

Uma vontade de desabafar emergiu em minha garganta. Desafoguei-a, dedicando sinceridade ao misterioso estranho:

– Perdi alguém que amo e estou sofrendo. É isto que estou fazendo aqui: sofrendo sozinho para não incomodar ninguém. – Uma resposta franca, sem escudos, para um total desconhecido.

O rei me olhou nos olhos como se reconhecesse algo em mim. Como um fã de Los Hermanos quando encontra outro, visto que a banda já não existe, mas de vez em quando volta a tocar.

Disse com olhos mansos:

– Ninguém sofre pelas mãos do amor, mas pela falta delas.

A fala girou uma chave em mim. Senti-me à vontade para dividir minha história com aquele – repito – estranho. E, quando dei por mim, já desabafava a passos largos. Desenfreado, até.

– Eu tinha uma companheira. Vivíamos uma relação especial... Mas acabou. Ficaram os cenários e alguns personagens, mas ela não. Às vezes, algum conhecido me alfineta indo direto ao ponto. Sem arrodeio ou piedade, diz: "Você era apaixonado por ela, não?". Respondo: "Lógico, era minha companheira!". Acho a pergunta sem noção, mas eu sei o que querem dizer...

– Querem dizer que dava para ver em seus olhos – disse o homem vestido de rei.

– Isso! E dava mesmo... Talvez por isso, antes de viajar para tão longe, ela tenha dito ter medo de me magoar.

– Ela disse ter medo de te magoar?

– Disse.

– E você duvidou? – perguntou franzindo a testa.

Não respondi.

– Meu amigo, não se ignora uma mensagem tão direta. Se uma pessoa diz ter medo de te magoar, não duvide, ela vai te estraçalhar.

Permaneci em silêncio, agora um pouco assustado. Seria culpa da minha imprudência tudo que estava vivendo? Já ele disparou a falar. Contava sobre um amor, outro planeta, uma raposa, estrelas... E, logo no começo de seu discurso, distraí-me de mim, dando-me conta do que estava acontecendo ali. Fiz a maior cara de espanto que você puder imaginar! Me lembrei de uma história lida na infância, sobre um aviador que encontrou um principezinho vagando no deserto do Saara.

"Serendipidade" é um termo que se refere às descobertas venturosas feitas assim, aparentemente por acaso. Se você está lendo este livro, com certeza conhece a história a que me refiro. Decerto leu sobre a importância de enxergar com o coração e aprendeu lições acerca do cativar.

E lá estava eu, no alto de uma montanha, longe das cidades e da energia dos pensamentos das pessoas. Diante de um homem misterioso vestido de rei. Seria ele o Pequeno Príncipe crescido!? Foi muito deselegante, mas precisei interromper a história que ele contava para constatar minha suspeita. Então, perguntei:

– Você já ouviu falar de um piloto de avião que caiu sozinho no deserto do Saara?

– Sim. Agora ele não é mais piloto, mas uma espécie de astronauta. Pois vive nas estrelas! Assim eu soube.

Era mesmo ele! Tentei disfarçar minha euforia, mas mesmo hoje, escrevendo, preciso me conter. Tudo se encaixava perfeitamente, eu havia encontrado o Pequeno Príncipe! Agora era homem adulto, pois o tempo passou como para todos passa. Agora era um Grande Rei! E, enquanto falava sobre a raposa, sobre isso e aquilo, eu não conseguia mais me concentrar de tão agitado por dentro. Até que, no final de seu falatório, concluiu:

– E, desde então, estou procurando o meu filho.

– Filho?

Preciso advertir a leitora, o leitor, de que fiz descobertas delicadas. É bom que eu diga logo. Primeiro: aquele homem não era o Pequeno Príncipe crescido, e sim seu pai! Peço desculpas às pessoas que há anos já acompanham minhas aquarelas antes da publicação deste livro, e que nunca se deram conta disso até o presente momento. Também levei um tempo para descobrir, como você acabou de ler. Cheguei a essa conclusão resgatando uma lembrança quase apagada. Talvez você não se lembre, ou é possível que tenha escolhido não aceitar, mas, na história que o Exupéry escreveu, o Pequeno Príncipe morre picado no tornozelo por uma serpente amarela. Talvez você não se lembre, mas é verdade, está lá.

O problema, minha cara, meu caro, é que aquele pai vindo das estrelas não sabia disso. E a história que ele me contou já era coroada por uma perda enorme.

4

O Grande Rei passara toda sua vida em seu pequeno planeta. Sozinho, como se fosse um animal em extinção, último de sua espécie. Recluso, como uma pérola em sua ostra nas profundezas do oceano. Não fazia ideia de como havia chegado ali, ou se alguém o levara, ou se ali nascera. Nascera de quem? Também não sabia. Suas primeiras lembranças já eram naquele planetinha, desenhando na terra com a ponta dos dedos, falando com as estrelas, se alimentando dos flocos que surgiam milagrosamente quando o sol derretia o orvalho da manhã.

Suas preocupações eram poucas: estar atento a dois pequenos vulcões que ali havia e ao nascimento de baobás. Os vulcões nem sempre existiram. Eis que certa feita, quando já era um rapazinho, acordou reparando em um calombo na terra, como uma espinha na face do mundo. O calombo cresceu, e de uma parte mais clara aconteceu uma pequena catástrofe – uma erupção vulcânica. À medida que o Grande Rei tentava controlar aquela crise, notou um segundo calombo, que logo se deixou influenciar pelo primeiro, pois o exemplo – seja bom, seja ruim – costuma ser contagiante. O segundo vulcão também inflamou, mas o episódio em geral não passou de um susto. Contudo, basta-nos um susto para que fiquemos alerta. Dali em diante, o Grande Rei passou a revolver os vulcões por rotina, ainda que eles nunca mais tenham voltado a ameaçá-lo. Chegou a fazer do vulcão mais esperto a boca de um fogão, onde cozinhava o maná – os tais floquinhos que surgiam quando o sol derretia o orvalho da manhã –, dando um novo sabor ao mesmo alimento. Sobre os perigos dos baobás, direi mais à frente.

Sua vida quase não lhe exigia esforço, ao preço de também não lhe trazer grandes novidades. Eventualmente, surgia em seu peito um incômodo sentimento que parecia inflar, competindo com os pulmões. Sentia como se estivesse aprisionado ao mundo e à rotina. Episódios de ansiedade passaram a assustá-lo, pois essas crises são mesmo assustadoras. Sabia que lhe faltava viver aventuras, ao tempo que lhe insuflava no peito um chamado, um sentimento de busca ainda incompreendido. "O essencial não brilha em cativeiro", dizia seu coração... Estar naquela zona de conforto não o levava a lugar algum, ao passo que ficar daquele jeito já havia ido longe demais!

O que haveria para além daquele céu? Quantas estrelas nunca brilharam em seus olhos? Eis que, motivado por um bem-vindo espírito de aventura, e também pela acumulação do tédio, o Grande Rei laçou a cauda de uma estrela, decidido a desbravar o Universo, e foi! Após esse primeiro ato de coragem, sua vida começou a acontecer com outras paisagens, experiências e sabores.

Sua expedição o levou, a princípio, para um resto de planeta. Digo "resto", porque não era algo inteiro que havia ali, mas os pedaços de um planeta à deriva no espaço. Boiavam entre as estrelas como os destroços de uma guerra. Em sua maior parcela estava seu único habitante à sombra de uma árvore gigante – um enorme baobá. Era um homenzinho pequeno e roxo, ali, apegado como um capitão que afunda junto com seu navio. Aquele baobá, com suas raízes ouriçadas no espaço e agarradas àquele pedaço de chão, parecia ter sido a causa de o planeta ruir.

Os baobás podem ser árvores terríveis para a saúde de planetas tão pequenos. Aparecem como um raminho de nada e vão crescendo quando ninguém está olhando. Logo, a plantinha inofensiva vira um arbusto de raízes teimosas, e não tarda a se revelar uma árvore das maiores. O que em um planeta grande daria uma boa sombra e só, em um planeta pequenino é sinal de catástrofe, pois as raízes o destroem. Em planetas tão pequenos, os baobás são como todo vício – ciúme, violência, assédio, abuso, tirania – que não podamos na primeira ameaça.

Um baobá, dito assim, para além da árvore, também pode ser como uma tristeza que simplesmente nos aparece enorme do dia para a noite, e com a qual precisaremos aprender a lidar. Ou, por infortúnio, não lidar, mas conviver.

– Olá – disse o Grande Rei, tentando um mínimo de contato.

O homenzinho, porém, não respondeu. Grunhiu amuado e ficou ainda mais roxo!

– Está zangado? – insistiu o Grande Rei, mas de novo não obteve resposta. – Talvez queira conversar. Parece que está sozinho aqui há bastante tempo...

O homenzinho novamente não respondeu, mas marejou os olhos como se fosse chorar. Foi então que o Grande Rei percebeu que ele não estava com raiva, mas magoado, não se sabia o porquê.

Por muitos motivos sentimos mágoa. Conversar é sempre uma boa pedida para tentar diluí-la, mas também é preciso saber respeitar os silêncios. Sem margem para conversa, o Grande Rei decidiu seguir viagem. Mas, antes, ajoelhou-se perto do homenzinho, pousando a mão em seu ombro. E, então, disse:

– Seja lá o que te tenha acontecido, perdoe. Ou viva aos pedaços. No que restou do teu mundo. Na sombra do teu baobá.

O conselho surtiu algum efeito. A feição do rosto do homenzinho amoleceu e os olhos pareciam escutá-lo.

– Perdoe – continuou. – Refaça os teus laços. O perdão traz abraços que a mágoa não dá.

Partiu, como dissera que faria. Porém, já distante, o Grande Rei olhou para trás e pôde ver o homenzinho de pé acertando machadadas no baobá. Aquilo não era perdão, mas a urgência do que precisava ser feito. Não devemos julgá-lo por isso, mas orar ao tempo. Um baobá que não se arranca pela raiz volta a crescer. Mas talvez a insistência das machadadas pare a árvore daninha. Contudo, suas raízes serão sempre um mondrongo nas ruínas do planeta.

O baobá, no entanto, não era quem precisava de perdão. Já sabemos que o crescimento de uma árvore daquele porte é perigoso em planetas tão pequenos! Porém, elas não crescem do dia para a noite, como sugeri linhas atrás, mas por displicência de seu habitante... Logo, podemos concluir que o homenzinho precisava se perdoar por tê-lo deixado crescer.

Isso não é raro. Aliás, é bem comum! Aquele que perdoa costuma ser quem mais precisa do próprio perdão. Quando o faz, pensa que é em benefício do outro, mas o retorno imediato é, em verdade, para si.

Perdoar é custoso ao orgulhoso, mas é sempre a escolha do sábio – pode acreditar. Quem perdoa se livra do peso da mágoa e segue com a vida de ombros livres. O que precisa ser feito, precisa ser feito. Urge que comece já.

5

Em suas andanças, conheceu uma senhora de nome Lili. Habitava um planeta todo ornado com estrelas que ela mesma plantou. Era uma coisa linda de ver! Estrelinhas presas por um talo ao chão, ansiosas para ganharem o céu e brilharem aos nossos olhos.

Contou-lhe que, antes de chegar ali, aquele era um planeta ocioso. Teoricamente, tinha dono, pois alguém o reclamou com os dizeres "este planeta é meu", escritos em um papel que podia ser vendido ou passado de pai para filho. Naquela terra, esse alguém nada fazia, mas o pedaço de papel lhe conferia alguma razão de posse.

Dona Lili não tinha papel que lhe conferisse coisa alguma, mas sabia plantar estrelas e passava necessidade. Quando ela encontrou aquela terra completamente sem uso, a ocupou e lhe deu uma função. Passou a plantar seus pontinhos de luz, que no tempo certo espalhava pelo céu, iluminando as noites.

O coração de dona Lili dizia que ela também tinha sua razão, assim como o "dono" do planeta acreditava tê-la. Considere-se que uma razão, quando vem acompanhada da necessidade, torna-se mais razoável do que a outra. Assim como a vida precisa de um corpo para habitar, o corpo também precisa de um suporte que lhe sirva de abrigo. Dona Lili encontrou tudo isso naquele planeta, que lhe era casa e local de trabalho.

É mais fácil entender sobre esse sentir se um dia você puder conhecer dona Lili pessoalmente. Basta ver suas estrelas e o carinho que ela tem por aquele pedaço de chão. Em contrapartida, é um perigo escutar apenas a versão do "dono" do planeta. Periga que vire refém, crente de uma história em que dona Lili não é boa pessoa.

Não posso garantir por todos os casos de ocupação de planetas ociosos, mas por dona Lili eu garanto. No mínimo por empatia, sua luta é como se fosse minha também.

6

Seguindo com sua jornada, avistou um planeta de superfície curiosa, e foi investigá-lo de perto. Nele, havia um senhorzinho sentado em um enorme trono de livros.

– Olá!

– Olá, meu jovem.

– O que são essas caixas que cobrem todo o planeta?

– Oh, são livros! Caixas de guardar conhecimento.

– Livros?

O Grande Rei catou um livro aleatório e o abriu. O senhorzinho, que tinha barba branca, usava óculos, era meio careca e meio cabeludo, olhou para seu visitante com muita curiosidade.

– E o que são essas coisinhas pegadas umas com as outras nessas carreiras?

O senhorzinho riu achando graça na descrição, e respondeu com simpatia:

– As coisinhas menores são letras, e elas se pegam umas nas outras formando palavras.

– E de que servem?

– Oh, de muito! As palavras se juntam e formam frases, e as frases contam histórias. Vou lhe mostrar!

O Grande Rei segurava um exemplar de *Capitães da areia*, obra do escritor baiano Jorge Amado. O senhorzinho abriu o livro em uma página aleatória, e traduziu as frases enquanto passeava a ponta do indicador pelas palavras. Leu:

> *E, apesar de que lá fora era o terror, qualquer daqueles lares se abriria para Pedro Bala, fugitivo da polícia. Porque a revolução é uma pátria e uma família.*

– Isso está dito aqui?

– Está escrito.

– E você traduziu usando a ponta do dedo?

– Não, li com os olhos e com o saber! Com a ponta do dedo eu leria se fosse escrito de uma maneira especial para as pessoas que não podem ler com os olhos, em braile. Mas isso já é outro assunto.

– E ao Pedro Bala, o que aconteceu? – perguntou o Grande Rei interessado no romance do Jorge, por ele já amado.

– Eu teria a maior alegria em lhe dizer, mas alegria maior seria vê-lo lendo e descobrindo por si próprio.

– Mas eu não sei ler...

– Ora, mas eis justo a minha proposta! Eu posso te ensinar a ler as letras que contam histórias.

– A troco de quê?

– A troco da alegria pessoal que vou sentir por alfabetizá-lo.

Nos dias que se passaram, com todo esmero o senhorzinho ensinou o Grande Rei a ler. Ele usava exemplos de seu cotidiano: estrelas, planetas, baobás... E logo o Grande Rei investigou por conta própria não apenas o que se passou com Pedro Bala naquele trapiche, mas também aos sofridos de *Vidas secas*, ao casmurro Bentinho, aos sabidos João Grilo e Chicó... Avançava com suas leituras descobrindo de tudo! Logo notou que os livros são o tesouro do saber, e aquele era um planeta valiosíssimo. O Grande Rei, de todo grato, disse:

– Aqui tem muitas histórias para conhecer! Eu poderia passar a vida inteira com o senhor e esses livros, abrindo essas "caixas do conhecimento".

– Sua companhia me é agradável, jovem Rei – respondeu o senhorzinho. – Mas melhor do que ler histórias é vivê-las! E quem sabe um dia escrevê-las. Você é jovem! Vá ver o mundo!

– Tenho andado por muitos mundos, nenhum me apeteceu.

– Acaso já andou pela Terra? – indagou o homem.

– Que Terra? Todo planeta tem terra. Este aqui também deve ter, por debaixo destes livros.

O senhorzinho riu e explicou:

– "Terra" é o nome do planeta em que eu nasci. Lá, vivem muitas pessoas, o que é bom, pois ninguém se educa sozinho! As pessoas se educam em comunhão... Todas essas histórias – apontou para os livros – vieram de lá, onde vive gente de todo tipo.

– "Gente de todo tipo"... – repetiu o Reizinho.

– Sim. Antes, você me perguntou a troco de que eu o alfabetizaria, e lhe respondi que seria apenas em nome da realização que sinto por ajudá-lo nesse sentido. Mas, se ainda for em tempo, quero te pedir que sele comigo um compromisso.

– Pois o diga. Qual seria?

– O bonito de crescer é convidar outros para que cresçam junto! É lamentável o egoísmo de um oprimido que "cresce na vida", adquire condições de ajudar outras pessoas, mas opta por ser um novo "opressor". Por essas palavras, te peço que nunca seja egoísta com o conhecimento que adquirir durante sua jornada. Busque dividi-lo! Pois dividir o que se sabe engrandece o que se é.

O Grande Rei, maravilhado com as histórias que lera, interessou-se pelo nosso planeta. O senhorzinho apontou-lhe a direção e descreveu a Terra como uma enorme bola azul, para que assim o viajante a reconhecesse na trilha das estrelas. Empolgado, o Grande Rei abraçou o senhorzinho, comprometeu-se com o pedido daquele homem, despediu-se e partiu, laçando a cauda de um cometa.

7

O terceiro planeta era pequeno, mas não tão pequeno assim. Acomodava um poste aceso e, a seu redor, se banhando da luz, havia uma senhora sentada em uma cadeira de balanço, tricotando. Espalhadas no chão, estavam crianças. Algumas liam, outras jogavam jogos de tabuleiro, e na margem da luz uma delas brincava com a sombra de suas mãos. Fazia um pássaro.

O Grande Rei pousou em silêncio, em respeito à concentração daquela pessoa e pessoinhas. Seus passos eram dados com cuidado, para que sua sombra não atrapalhasse ninguém em suas atividades. Se dirigiu à senhora.

– Olá!

– Olá, meu jovem! Gostaria de ler um livro?

– Eu adoro livros! Mas estou só de passagem.

– Todos estamos... – comentou a senhorinha com um sorriso, e continuou seu tricô.

– Que bom que vocês têm a luz deste poste, não é? Assim, podem fazer as coisas que fazem, mesmo de noite.

O Grande Rei se dirigia sempre à senhorinha, pois julgou que sua atividade permitia conversar sem que isso a atrapalhasse. Poderia também falar com a criança que brincava com a sombra de suas mãos, e teria a conversa riquíssima que só pode se ter com uma criança. Mas existem assuntos que só quem tem muita estrada percorrida na vida pode avaliar.

– Sim, meu jovem. Este poste é uma bênção! Aqui vivia um acendedor de lampião, que o deixou aceso quando partiu... Esse é seu legado.

– "Legado" é um tipo de poste? – perguntou o Grande Rei.

A senhorinha riu um riso rouco e respondeu:

– Não, meu jovem. Foi apenas um exemplo.

– Então, o que quer dizer "legado"? – perguntou o Grande Rei, que nunca desistia de uma investigação.

– Um bom legado é como uma luz que deixamos para iluminar as gerações seguintes.

– E existe também legado ruim?

– Existe, sim, infelizmente. E aos montes!

– E como saber se um legado é bom ou ruim?

– Os bons inspiram, os ruins contaminam.

O Grande Rei inspirou profundamente e perguntou:

– E como saber se estou sendo inspirado ou contaminado?

– Você se sentirá bem quando inspirado, e adoecido das ideias quando contaminado.

O Grande Rei perguntou ainda:

– O que é preciso para se deixar um bom legado?

– Acredito que viver uma vida que não seja pautada apenas em si mesmo já é um bom caminho para acertar – respondeu a senhorinha de imediato.

– Viver para a família? – perguntou o Grande Rei, familiarizado com o conceito de "família", em virtude dos livros que lera no planeta anterior.

– Viver para a família com certeza também deixa algum legado. Mas viver para a família já é algo que se espera. É como um compromisso quase obrigatório. Ou não se espera que um pai ou uma mãe cuide de seu filho ou filha? Que busque lhe deixar alguma herança, qualquer que seja? Um bom legado vai além: enxerga a humanidade inteira como uma grande família e o planeta como sua casa, por exemplo. Um bom legado reverbera uma mensagem positiva no tempo, que nos leva para a frente.

– Deixar um legado é viver para as pessoas do futuro?

– Não exatamente. É viver a relação de troca... Enquanto colhemos o legado das pessoas do passado, não é justo que semeemos alguma colheita para as pessoas do futuro?

– Perfeito – respondeu o aprendiz forasteiro.

O Grande Rei partiu daquele pequeno planeta com grandes aspirações. Viveu sua vida inteira sozinho. Talvez não tivesse dívida a ser paga às gerações futuras, já que aparentemente nada colheu das gerações passadas. Talvez estivesse livre do dever de precisar deixar um legado, mas talvez essa não precisasse ser uma relação de dívida. A vida é composta de escolhas feitas minuto a minuto. Do nada, nada pode surgir. O Grande Rei se julgava ser algo diferente do "nada"; logo, algo dele poderia surgir. O tempo, decerto, iria engoli-lo com sua fome sem fim, como a todos engole. Como uma marola que quebra na margem da praia pode sumir com um castelo de areia, assim somos nós, se nada pudermos ser além de pó.

8

Avistou, distante, um enorme planeta de tons amarronzados e vegetação seca, pálida, espinhosa. Passaria direto, imaginando estar diante de um cenário inóspito. Contudo, havia lido sobre o bioma da caatinga no planeta dos livros. Leu *Os sertões*, de Euclides da Cunha, em que diz: "O sertanejo é, antes de tudo, um forte". Considerando estar diante da caatinga, resolveu investigar.

O Grande Rei puxou a corda com a qual havia enlaçado a cauda da estrela. Tentava conduzir o astro, como se este fosse afeito a rédeas, tal qual montaria domada. Não era! A estrela deu uma rabissaca forte o bastante para que a corda partisse. Àquela velocidade, o Grande Rei caiu no planeta seco e espinhoso, de modo que o arrasto levantou poeira! Quem dera o acidente ocorresse em um planeta de algodão, fofinho. Mas, não! Era mesmo a caatinga. Por sorte não colidiu com os mandacarus, cujo abraço não seria carinhoso, mas repleto de espinhos.

Levantou-se, sacudindo a poeira em sua calça branca, verificando se ele próprio estava inteiro.

Estava! Não tinha um arranhão sequer. Na queda, sua coroa caíra por entre a vegetação da mata branca, cujo pouco verde se apegava à menor esperança de chuva. Ao lado de um cacto chamado coroa-de-frade, estava sua coroa de rei. Pegou-a. No ato de colocá-la na cabeça, foi surpreendido por um homem com veste azul. Tinha enorme barba e cabelos pretos, compridos, volumosos. Era alto e magro. Em sua mão, uma vara que lhe servia de cajado. Em sua face, uma expressão séria e os sulcos da pele, já muito castigada pelo sol.

O Grande Rei, tendo lido *Os Sertões* no planeta dos livros, sabia de quem se tratava: Antônio Conselheiro. O Rei abriu um sorriso, pois conhecia a história! Abriu um sorriso apesar da descrição feita por Euclides da Cunha, que indicava que o sujeito era meio bagunçado das ideias. Conceito injusto! Antônio caminhou pelos sertões por décadas, sem aceitar a má sorte. Na história, havia reunido muita gente, que o seguia como quem persiste na fé, pois era um pregador – um beato andarilho! Em determinada altura, Antônio estabeleceu a comunidade de Belo Monte, que mais adiante ficaria conhecida por Canudos. Ali, milhares de famílias construíram suas casas de taipa e sonhos. Juntas, enfrentaram a miséria imposta pela seca e vulnerabilidade diversa. Geravam renda principalmente por meio da criação de bodes, dos quais se aproveitava das tripas ao couro. Exportavam até para a Europa! Um arraial no sertão vendendo couro para outro continente... A comunidade prosperou, pois, sob a liderança de Antônio Conselheiro, desenvolveu senso de unidade.

Não demorou para que Belo Monte passasse a incomodar as autoridades. Antônio rejeitava a República recém-estabelecida. Não pagava impostos, afinal não via retorno do Estado em investimentos para a região, entre outros motivos. Antônio tinha uma orientação religiosa afiada – sua própria! Pregava o cristianismo conforme sua interpretação. Celebrava batizados e casamentos. Não era padre, mas era como se o fosse. Personagens assim surgem em regiões desassistidas, tendo quem chame o fenômeno de "messianismo".

Conta a história que a confusão maior começou quando Antônio comprou madeira para o telhado de uma igreja que estava construindo em Belo Monte. Pagou e não recebeu. Espalhou-se um burburinho de que os jagunços de Antônio Conselheiro iriam à cidade do Juazeiro buscar na marra a madeira que havia sido comprada. Mesmo revestido de razão, Antônio e seu arraial, que àquele tempo era a segunda "cidade" mais populosa do estado da Bahia, onde viviam cerca de vinte e cinco mil pessoas, foram temidos, e, de certa forma, criminalizados.

Quatro campanhas militares foram necessárias para dizimar Belo Monte, em um lamentável episódio da história que ficou conhecido por Guerra de Canudos. É impossível avançar nos detalhes dessa história sem manchar o branco destas páginas com o sangue daquela gente. Pulemos o genocídio, ainda que seja a parte principal. Pois o que temos aqui é o relato de uma viagem astral.

O Grande Rei ficou parado diante do beato, lembrando-se da história. Quando voltou a si, resolveu cumprimentá-lo. Mas Antônio, o Conselheiro, se adiantou. Ergueu os braços ao céu e em seguida ajoelhou-se apoiado em seu cajado, cumprimentando o Grande Rei com uma cordial e exagerada reverência. O Grande Rei então se lembrou de um detalhe até pouco esquecido: Antônio, opositor ao modelo de República que se apresentava em seu tempo, era monarquista. E, na cabeça do Grande Rei, sabemos, havia uma coroa.

– Antônio Conselheiro? Por favor, levante-se!

– Como queira, majestade!

Por responder ao nome, o Grande Rei constatou que era mesmo o homem.

– Levante-se não porque eu o digo. Não sou o tipo de rei que imagina. Levante-se porque não precisa se curvar diante de mim...

O Grande Rei, até onde sabemos, era rei tão somente de si.

Antônio se levantou. O Grande Rei lhe disse:

– Estou de passagem.

– Como todos estamos... – respondeu o Conselheiro.

– Estou de passagem neste planeta.

– Exatamente.... – completou Antônio, concordando.

– Vi como este planeta é demasiado seco, e pensei

estar diante de lugar não habitado. Quase não parei aqui.

– Tudo é mais do que se mostra quando conseguimos ver além da aparência.

– É verdade – concordou o Rei andarilho diante do beato.

– Vê essa coroa-de-frade? – perguntou Antônio, apontando para o cacto ao lado do qual havia pouco tinha caído a coroa do Grande Rei.

– Vejo.

– Pois veja com calma.

Antônio derramou a água de uma cabaça sobre o cacto, formando uma poça. Em seu reflexo, como magia, via-se, com a mesma volumetria da coroa-de-frade, uma redoma de vidro com uma rosa interna.

– O cacto é seco e espinhoso, mas é vida! E toda vida

é sagrada... – Bateu no peito e disse: – "Sei-me sensível, frágil não!" – Bateu no peito do Grande Rei e disse: – "Saiba-se sensível, frágil não!".

O Grande Rei ficou pensativo. Percebeu que aquilo não era exatamente uma conversa, mas uma pregação. Ou, dado o título de Antônio, um conselho.

– O sertanejo é, antes de tudo...

– Um forte! – completou o Grande Rei, conhecedor da célebre frase de *Os sertões*. Mas foi surpreendido pela continuação do Conselheiro, que o corrigia.

– ... um ser humano! – completou Antônio, que repetiu na íntegra para reforçar: "O sertanejo é, antes de tudo, um ser humano".

Antônio fez relatos sobre como hoje o povo sertanejo, antes apontado como forte, era agora, potencialmente, uma multidão fragilizada. Uma comunidade sertaneja em muito se difere das urbanas. Ali não se pode "fazer um corre" como catador de latinhas, ou como vendedor ambulante, por exemplo, e à noite voltar para sua casa após um dia de luta. As comunidades sertanejas desassistidas são como ilhas rodeadas pela seca em um sertão que ainda não virou mar. Faltam ferramentas e oportunidades. Se, na cidade, isso pouco a pouco hostiliza a pessoa marginalizada, no sertão tem mais chance de adoecê-la em suas ideias, diante da frustração e enfrentamento.

Antônio, contudo, mostrou um vislumbre positivo. Na mesma poça rasa onde antes se via o reflexo de uma rosa na redoma, aconteceu uma segunda magia quando ele tocou a poça com seu cajado. A imagem mudou como uma televisão muda de canal.

Agora mostrava um coletivo de costureiras tomadas pelo senso de comunidade. Elas tiveram acesso a ferramentas e oportunidades. Uniram-se, e, juntas, costuravam vestidos, camisas, jalecos, fardamentos escolares... Costuravam de tudo e repartiam os lucros entre si, destinando cuidadosamente uma parte para a manutenção desse coletivo. Aquela era a força do sertanejo. Aquele era o mesmo sentimento que há mais de um século fez Canudos prosperar. Satisfeito, Antônio sorriu.

O Grande Rei se demorou por ali. Passou alguns dias na companhia do Antônio Conselheiro aprendendo sobre o sertão. Quando seguiu sua jornada, não fez laçando a cauda de uma estrela, como de costume. Partiu do sertão com a ajuda de um bando de araras-azuis-de-lear. Ave linda, e, por sua beleza, ameaçada de extinção. Elas são como as araras-azuis mais conhecidas, sendo um pouco menores. Ao redor de seus olhos, a mancha amarela característica da espécie, porém com algo que a distingue – uma manchinha que lembra uma lágrima. Carregaram o nosso reizinho em pares, pois duas araras-azuis-de-lear, quando formam um casal, ficam juntas por toda a vida.

Voavam grasnando seu grito característico. Dariam essa carona, mas, tão logo chegassem ao próximo planeta, retornariam para o sertão, onde encontram os coquinhos de licuri, seu alimento favorito. Já nas alturas, o Grande Rei olhou para trás. No planeta sertão, pequenino, estava Antônio Conselheiro, enorme, com os braços estendidos para cima. Em seguida, Antônio

se ajoelhou. O Grande Rei disse para si mesmo com um sorriso de constatação:

– "O sertanejo é, antes de tudo, um ser humano."

9

Mais uma vez, o Grande Rei avistou um planeta de superfície curiosa. Ele era maior do que os que vira anteriormente. Não tinha a mata branca dos sertões, nem a superfície "careca" – era coberto por copas verdíssimas e cortado por um rio sinuoso. O rei ficou curioso, pois passara a vida combatendo o crescimento de baobás em seu mundo pequenino, temendo que suas raízes rachassem o planeta ao meio. Mas ali as árvores eram enormes, e o lugar – desceu para investigar – não continha rachadura nenhuma.

Por entre a mata, surgiu um homem de estatura baixa e bigode cheio. Ele trazia em suas mãos instrumentos curiosos: uma machadinha e um balde.

O Grande Rei preocupou-se com as armas, e anunciou por precaução:

– Eu venho em paz!

– Que bom! Não se assombre, pois eu também sou pacífico – respondeu o homem.

– E essas armas, para quê!?

– A machadinha pode mesmo ser uma arma, dependendo da intenção. Mas esse outro aqui é só um balde. Sou seringueiro! Essas são ferramentas do meu trabalho – explicou o homem apontando para as árvores.

O Grande Rei então notou que os troncos estavam talhados com ranhuras paralelas em diagonal apontadas para baixo, espelhadas horizontalmente, se encontrando em um veio central, pelo qual sangrava uma seiva branca que se derramava em tigelas. Outras árvores também possuíam ranhuras, mas sem sangrar, feito cicatrizes – estas descansavam de extrações anteriores. O Rei entendeu que extrair aquela seiva era o ofício daquele homem – e, se ele desempenhava tal papel, deveria haver algum motivo. Dedicou-se, então, a investigar a relação harmônica entre a floresta e o planeta, querendo entender o motivo pelo qual as raízes de tantas árvores não partiam o planeta em mil.

– Como seu planeta consegue existir em harmonia com as árvores? – perguntou o Grande Rei, que em seu planetoide vivia a combater o nascimento de baobás.

– A floresta é saudável para o planeta. Quem costuma provocar desequilíbrio para depois o enfrentar somos nós, quando não compreendemos isso.

– Mas não há risco de as raízes partirem o planeta? Já vi acontecer!

– O que ameaça partir o planeta é a ganância dos homens. Uns interessados em derrubar as árvores para vender sua madeira, outros em queimar a floresta para dar lugar a pastos de criar gado. Há também os que querem explorar o garimpo, sem respeitar os povos nativos que já vivem aqui. Todos dependem da preservação da floresta, embora nem todos percebam...

– Outros povos?

O homem não teve oportunidade de responder. Mal o Grande Rei fizera sua pergunta, pousou uma máquina gigante, com enormes correntes e tesouras de cortar árvores, e bocas de cuspir fogo. Máquina essa cujo ato do pouso já causou estrago na mata.

Dentro dela havia um sujeito que gritava: “Saia da frente, Francisco! Vou desmatar isso aqui!”. O seringueiro, que agora sabemos se chamar Francisco, recomendou:

– Para trás, majestade! Ele pensa que isso é progresso! E, por acreditar estar com a razão, é sujeito perigoso!

– Para trás você, eu já disse! – intrometeu-se o homem, mostrando-se não só estar nervoso, mas também ter boa audição.

– Calma! Eu sei que não é má pessoa! É sujeito trabalhador e está lutando por sua sobrevivência. Eu te compreendo, pois aqui estou fazendo o mesmo! Nos compreenda também! – disse Francisco, apelando para o bom senso.

Então Francisco olhou para o verde das matas e gritou:

– Povo da floresta, uni-vos!

E de dentro das folhagens saíram indígenas, outros seringueiros, castanheiros, quebradeiras de coco, pequenos pescadores e ribeirinhos. Saíram eles e suas famílias, que se organizaram, e com o peito cheio de coragem abraçaram as árvores que o homem montado na máquina ameaçava destruir. O sujeito gritou furioso:

– Saiam da frente, ou vou passar com a máquina por cima de todos vocês!

Não arredaram pé. Em tom brando, Francisco respondeu ao sujeito:

– Sua mão e seu pé são diferentes, mas fazem parte do mesmo corpo! A dor de um não se reflete no outro. Se você pisa em um prego, por exemplo, sua mão não vai sentir, mas ela e o pé fazem parte do mesmo corpo que sofre. Seus cabelos, se cortados, não sangram, nem sentem dor, mas fazem parte do mesmo corpo que sentiria um corte na pele. Seu sentir, ou seu não sentir, não desfaz o fato de que tudo faz parte do mesmo corpo. Também as dores do mundo são uma só, ainda que não se percebam entre si. Se você derruba a floresta, também fere algo em si. Está tudo conectado! Tudo é um!

– Estou avisando, Francisco! Sua poesia vai lhe custar caro!

– Ele não quer argumentar, quer nos convencer pelo medo! Nós precisamos resistir, defender a floresta! – disse o seringueiro de modo que todos o ouviram.

Envergonhado pela resposta pacífica e de apelo ao bom senso, o sujeito ficou ainda mais furioso, pois aquilo lhe feriu o orgulho. Mas, dado o impasse de não poder avançar, foi embora dali. O povo da floresta, unido, comemorou aos gritos de "Viva!". Também o Grande Rei comemorou, e aproveitou para dizer o que estava lhe afligindo durante a tensão daquele impasse:

– Francisco, isso não é perigoso?

– É sempre perigoso defender ideias que vão de encontro aos interesses de gente poderosa, meu caro. Mas perigo maior é viver aceitando o que nos empurram sem a chance de dialogar e lutar pelo justo. Ou você acha que os pássaros querem trocar suas árvores por postes, sem canto de protesto?

O Grande Rei sorriu orgulhoso da coragem de Francisco, e perguntou onde ele havia aprendido aquilo tudo. Francisco explicou que teve um mentor, e que este o apresentou aos livros. O Grande Rei, já conhecedor do valor dos livros, ficou ainda mais surpreso ao descobrir que as árvores são a matéria-prima do papel. Foi quando percebeu que tudo que é bom está de alguma maneira conectado em uma só corrente.

Conversando com Francisco, descobriu que a floresta é uma biblioteca viva. Nela estão escritas as curas da medicina que ainda não foram lidas, e sabedoria de todo tipo! Ao contrário do que a ganância turva dos homens enxerga, ela é, inclusive, mais lucrativa de pé, sem sua derrubada. É preciso apenas saber investir com sabedoria, mas sabedoria parece ser um recurso escasso.

O Grande Rei foi embora, pois já tinha como destino o planeta Terra. Reconheceu em Francisco uma liderança de referência naquele mundo, e partiu preocupado com a integridade física do seringueiro. Preocupação que não teria se o amigo fosse, por exemplo, "rei do futebol", cuja função é trazer orgulho para o povo por meio do esporte, não importando que eventualmente tenha falhado como pai, por exemplo. O povo, distraído, o aplaudiria, pois julgaria que uma coisa não tiraria o brilho da outra. Francisco era rei coroado por sua luta, ainda que impopular entre os poderosos. E lutar, nós sabemos, pode causar dor. O Grande Rei encontrava conforto na ideia de que basta um super-humano para esperançar a humanidade inteira. E ele o era. Coisa que faz até um martírio valer a pena – para os que ficam, é lógico.

CRISE
CLIMÁTICA

10

Sua aventura agora o levara para um planeta minúsculo. Uma bolinha de nada! Quase não tinha onde apoiar os pés. Mal cabia o sujeito que ali morava. Era o lar de um cacto vistoso que falava pelos cotovelos, mesmo não tendo cotovelos. Metralhava tagarelices sobre si mesmo. Não era um sujeito ruim, mas precisava ficar contando vantagem a todo instante. Tinha problemas com vaidade e fazia de si assunto para toda e qualquer conversa. Não preciso sequer descrevê-lo, ele faz isso por si só. Aliás, tudo que faz segue esta regra: é para si, ou então para dizer que fez.

– Veja nisso e naquilo como sou bom! O nó da minha gravata é bonito! Meu chapéu é vistoso! (O chapéu era, na verdade, uma flor que tinha na “cabeça”. Gravata não vi. Pescoço também não tinha.)

– Olá, como vai?

– Eu vou muito bem, obrigado! Estou em forma e bronzeado. Trabalhei muitas horas seguidas, reuni abelhas, ajudei fulano, sicrano e beltrano.

– Quer ser meu amigo?

– Eu tenho muitos amigos e faço muitas viagens. Conheço fulano, sicrano e beltrano...

– Moro em um planeta não muito longe do seu... – tentou dizer o Grande Rei, que foi interrompido.

– Já conheci muitos planetas. Como ia dizendo, faço muitas viagens!

O cacto era pedante e não precisava de um amigo, mas apenas de alguém que ouvisse seus supostos feitos. Qualquer parede que lhe desse ouvidos estava valendo. Sofria de vaidades e contava algumas mentiras também, sempre para contar vantagem. Como havia feito muitas viagens se suas raízes o seguravam ali!? O Grande Rei deu dois tapinhas na altura de seu ombro imaginário e seguiu viagem sem grandes despedidas. Importante dizer que foram dois tapinhas cautelosos, visto a quantidade de espinhos daquele vegetal. Tapinhas de nada, mas que feriram algum orgulho ali. Nunca pensei que um cacto com tão pouca necessidade de água tivesse tanta sede de atenção.

11

Sua jornada continuou por entre as estrelas, até que pousou por acidente em um planeta metade roxo, metade amarelo. Nele moravam apenas dois habitantes que poderiam fazer companhia um ao outro, diferente do que o Grande Rei havia visto nos planetas de um habitante só. Poderiam conversar, se ajudar, ser amigos, aprender um com o outro, fazer planos juntos – as possibilidades eram infinitas! Acontece que os dois indivíduos não concordavam em nada e viviam em pé de guerra. Falando em "pé", ambos tinham os pés mais ou menos presos ao chão, como se estivessem atolados. Cada um se situava em um polo do planeta, em extremidade exatamente oposta ao do outro. Quando se moviam – evento raro –, era com enorme esforço, pois o chão era uma espécie de areia movediça pantanosa. Além disso, qualquer movimento feito os tirava do polo do planeta extremamente oposto ao do outro habitante; logo, tinha-se por resultado uma aproximação da margem de outra cor. Estavam presos ao polo, talvez não apenas por areia ou pântano, mas também por orgulho, que é âncora das mais pesadas.

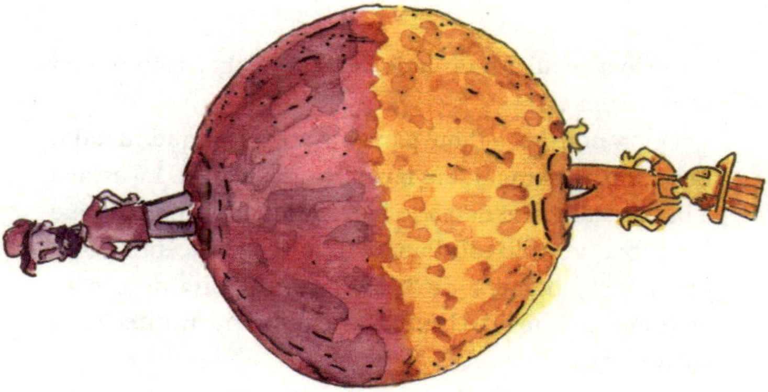

O Grande Rei pousou ali, como já dito, por acidente. Quis o acaso daquela circunstância que ele aterrissasse na parte amarela do globo. Mal pousou e já começou a lentamente afundar, quase sem perceber. Nela foi recebido aos afagos!

– Confrade!

O sujeito, trajado de amarelo, o recebeu com boas-vindas. Abraçou-o e começou sua doutrina:

– Notei que seus cabelos são loiros. Que cor mais linda! E o que dizer dessa coroa dourada? Magnífica!!! Mas essa camisa verde não lhe cai bem. Venha, vou lhe providenciar roupas amarelas. E uma venda que cubra o azul de seus olhos.

– Cobrir os meus olhos? Não! E não preciso de outra roupa. Estou bem como estou.

– Ora, mas veja só! Azul lembra roxo, e você não vai querer se misturar com aquelezinho ali.

– Aquelezinho?

– Com o sujeito do lado roxo do globo. Não queira contar com ele!

O Grande Rei olhou para o horizonte, que, dado o tamanho do planeta, era bastante alcançável. Lá estava o outro habitante daquele lugar, na parte do astro que lhe cabia, vestido totalmente de roxo. Ele acenava com gestos desesperados de "venha cá". E, para desespero do fulano amarelo, o Grande Rei caminhou na direção do sujeito roxo.

– Não faça isso! Aquele camarada não presta! Suas ideias são absurdas! Tome, beba desta cerveja! Olhe, tenho ouro! E frutas diversas!

Eram todas amarelas.

Atravessada a linha de fronteira entre uma cor e outra, o Grande Rei olhou para trás e viu o fulano amarelo curiosamente roxo de raiva. No lado púrpuro, foi recebido pelo habitante pomposo com uma taça de vinho tinto.

– Logo vi que aterrissou no lado errado. Venha, beba deste vinho tinto! Coma destas uvas! Vou providenciar o corte.

– O corte!? Mas que corte!?

– Rasparei seu cabelo e barba! Você não vai querer ficar desfilando por aí com essa amarelidão na cabeça.

– Ora, mas que coisa sem cabimento! O que há de errado com vocês dois? Deixem-me ser como sou!

Os sujeitos eram tão apaixonados por suas cores que faltavam com a razão. A paixão tem mesmo dessa cegueira desmedida. Digo paixão, mas existe termo mais adequado: fanatismo.

Os fanáticos habitam diversas moradas universo afora. Às vezes, vestem camisas de clubes de futebol, e estragam o entretenimento sadio do esporte. Noutras, o fanatismo é político, o que não raro desfaz amizades e inflama a violência nas pessoas. Há também fanatismo nas religiões, e costuma ser o mais perigoso de todos! Pois, quando um sujeito acredita piamente que o dito deus se agrada mais de sua cor do que da cor do próximo, por exemplo, pintam-se até mesmo as paredes do céu, custe o que custar – o que, no geral, é caro demais, custando até mesmo vidas! Desde que gente é gente, pensar e agir com fanatismo é catastrófico.

Por cautela, o Grande Rei não se demorou naquele lugar, visto perceber que fanatismo e violência estão associados. Sentiu medo de se deixar doutrinar e acabar agindo sem equilíbrio também. Foi-se embora sem nem sequer olhar para trás, mas reflexivo mesmo assim. Prometeu a si mesmo estar sempre atento para não cometer o vexame que é ser um fanático.

12

De longe, já podia enxergar a enorme esfera azul. O Grande Rei se aproximava na velocidade do cometa que havia laçado. Quanto mais perto chegava, maior a esfera se revelava. Também maior era seu encanto.

O Grande Rei não pousou de imediato, aqui entre nós. Antes disso, notou a pálida Lua que orbita nosso planeta, e nela fez descanso. Seus olhos azuis vibravam de admiração mirando o também azul da nossa morada. Seu coração sentia que estava diante de algo maior para além do tamanho. Como se pressentisse o tanto de amor e conflito que existe na Terra. Mas aquele momento de encanto foi interrompido pelo rosnar de uma fera, seguido dos galopes de um cavaleiro em montaria branca.

– Aaaaaah! – gritou o guerreiro, atacando com uma lança o bicho, que era um dragão.

A fera, rouca, não deixou barato – arriscou lhe acertar uma mordida fatal. O cavaleiro destemido mostrava-se também cansado. O dragão, feroz por natureza, exauria fumaça de sua garganta igualmente exausta. E o conjunto de sinais mostrava que aquela batalha atravessava o tempo a fio, não se sabia desde quando.

O cavaleiro fez um gesto para que o Grande Rei mantivesse uma distância segura, e gritou:

– Para trás, majestade! Eu o protegerei.

O Grande Rei sentiu-se honrado pela ideia de ser protegido por um cavaleiro, mas bastou lançar um olhar mais atento ao dragão para perceber que nele havia algum desespero. O bicho tinha garras afiadas, dentes pontudos, e uma lança na ponta de seu rabo, couraça áspera e chifres. Não havia dúvidas de que, disposto a atacar, era perigosíssimo! Mas o que seria aquele desespero nos olhos do dragão?

O cavaleiro vestia armadura de couraça e metal, elmo na cabeça, e se armava de uma lança. Montava um imponente cavalo branco, que aos relinchos mostrava sua agitação de bicho também assustado. Nos olhos do homem havia toda a determinação necessária para enfrentar a fera. E havia também, flagrante para um olhar mais atento, o medo de perecer.

O medo nos encara mirando justo em nossas fragilidades. Seus olhos têm um ímã que as rachaduras no nosso escudo atraem. Ele quer tomar o nosso coração e fazer com que nos transformemos nele. O cavaleiro enfrentava o dragão com tanto vigor que acabou se tornando também uma espécie de fera.

O Grande Rei, considerando os perigos do combate, também sentia o frio do temor. Porém, naqueles sentimentos inéditos a seu coração desde que saíra da tranquilidade de seu planeta – retomo –, notou que o medo guarda um segredo: ele teme a nossa coragem! Ter coragem, àquela altura já sabia, é agir com todo o coração. E agir com o coração é sempre uma escolha valente.

Com bravura se pôs entre o cavaleiro e o dragão. Arriscou-se, sim. Poderia ter se poupado e ido embora dali, como já fizera antes noutros planetas, mas decidiu por meter-se entre os dois. Diante do inusitado, bicho e guerreiro cessaram o combate por um instante. E, naquele cessar ansioso pelo que o monarca teria a dizer, ouvia-se antes de qualquer palavra a respiração ofegante dos combatentes.

– Há mais coragem em guerrear, ou em buscar fazer as pazes?

Assim, o Grande Rei rompeu o silêncio. Dragão e cavaleiro se entreolharam.

– Não respondam – continuou –, mas se perguntem...

Retomando a iniciativa, nosso reizinho tocou o pescoço do dragão e, compadecido, olhou no fundo de seus olhos. A fera retribuiu o gesto, desfazendo a rija feição feroz.

O Rei então se voltou para o cavaleiro, olhou fixo em seus olhos, que naquele único instante se mostravam confusos, e não segurou o afrouxar de sua boca, que demonstrava vontade de sorrir. Segurou o pulso do guerreiro e, em movimento manso, o convidou a fazer uma carícia no dragão.

Na mais sutil resistência do cavaleiro, a fera retomou sua ira e o combate recomeçou. O Grande Rei, naquele momento, deixou a nossa Lua às pressas. Foi-se embora dali... E, ainda hoje, os olhos atentos que mirarem para a cor prata daquela bola no céu, entre as estrelas, ferida de crateras, ainda verão cavaleiro e dragão em eterno combate.

13

Terra firme! À primeira vista, nosso planeta lhe pareceu um bom lugar para viver. A solidão havia sido sua companheira durante toda a vida. Aqui, o Grande Rei caminhava maravilhado na multidão. Contudo, diluído entre as pessoas, era apenas mais um entre muitos. Ninguém lhe dedicava especial atenção, a não ser pelo olhar de estranheza com que em segundos o julgavam por vestir-se com trajes de rei. Puxava assunto a esmo, mas sempre era evitado. Somado aos trajes, estavam suas falas abstratas. Combater o nascimento de baobás, revolver vulcões, viagem astral... Nada disso parecia despertar interesse nos terráqueos, ou talvez apenas não tenha tido sorte com as pessoas com as quais tentou esse primeiro contato. Decerto se estivesse no Vale do Capão lhe dariam ouvidos.

A seu ver, nós, os terráqueos, aparentávamos viver recolhidos em nossos mundinhos internos. Presos na rotina que nos consome a vida. Ignorando o próximo, ainda que tão próximo este seja. Não parecíamos querer contar com os conflitos do outro. E, quando alguma situação ameaça a fragilidade dos nossos mundinhos internos, travamos guerras homéricas em nossas mentes: *Eu não posso mudar! Não suporto mudança! Está tudo bem como está!* – mesmo não estando.

Havia cidades assoladas pela seca. Noutras, os habitantes vestiam tanto pano preto que pareciam viver em luto eterno. Havia feiuras como fome e guerra, e todo tipo de mazela. Havia também belezas, mas àquele momento não conseguiu creditá-las.

Mil vezes na vida escutei a expressão "a pior coisa do mundo é" seguida de uma sentença que é a dor do momento para aquele que a proclama: depender dos outros... perder a saúde... perder um filho... Não se pode menosprezar a dor de ninguém, e é difícil eleger a dor maior. Na lista de provações da vida, a pior coisa do mundo também pode ser amar sem ser amado. O Grande Rei dedicava o melhor de seu afeto às pessoas, mas elas o tratavam com indiferença.

– Tenho forte convicção de que vocês não estão na Terra por acaso – me disse o Grande Rei. – Cada um poderia estar sozinho em um planetinha que lhe bastasse, tem muito espaço por aí! Literalmente, espaço não falta. Mas, não! Aqui estão vocês, todos juntos, precisando aprender a conviver uns com os outros. Respeitar as diferenças. Encontrar uma fé comum.

Quando o Grande Rei me disse isso, senti um pouco de vergonha. Porque até então eu o ouvia concordando em tudo. Pensava: *Ah, é mesmo! Tem muita gente assim! Oh, é verdade!*

Acontece que eu não havia me dado conta de que também sou um terráqueo. Sua queixa me cabia! Eu também agia daquela maneira! Aqueles defeitos também me pertenciam! Inclusive, eu próprio tratei o Grande Rei com desconfiança assim que o vi.

Muitas vezes a gente age assim: vê as notícias e olha para os problemas do mundo como se fossem algo distante, que não nos pertencesse. Como se o mesmo mundo não fosse a nossa única casa-mor. Que vergonha! Além do mais, eu também o havia julgado por ser diferente do comum. Oh, céus! Que enorme vergonha!

Entre nós, o Grande Rei se sentia incompreendido, maltratado, desmerecido e, mais uma vez, sozinho. Mesmo em meio a tanta gente, em seu coração era como se ele ainda estivesse isolado em seu planetinha. A Terra estava sendo uma enorme decepção, orbitando em torno de uma estrela de quinta grandeza. Se afastou do sentimento de solitude que antes o bastava para ir ao encontro daquilo que agora sentia.

A solitude é o peso contrário da solidão. Enquanto em uma o medo impera, na outra há tranquilidade em estar a sós consigo mesmo. Não há pânico, não há reluta. Não há sequer o dito peso. É, portanto, corrijo, a leveza contrária ao peso da solidão. A solitude nos prepara para a felicidade compartilhada. A verdadeira. Pois, não se engane, outro caminho facilmente disfarça medo e apego. O Grande Rei vivia em plena solitude em seu

B-612
CATIVE
A TI
MESMO/A.
... ANTES DE
COMPARTILHADA,
A FELICIDADE
É UM LAÇO CONSIGO.
É PURA SOLITUDE.
PODE ACREDITAR.

planeta, lá distante entre as estrelas. Àquela altura, já estava arrependido de ter mudado a rota de sua vida.

As pessoas eram diferentes umas das outras na aparência, mas se encontravam em suas vaidades e condutas. O senso de julgamento parecia não mudar, e lhe eram sempre impetuosas. Todo mundo dizia ter razão em tudo. Ninguém estava verdadeiramente interessado em buscar entender o ponto de vista do outro. Ser flexível era uma raridade, e ceder, impensável.

Bastava! Estava saturado do nosso planeta e, a ponto de partir, eis que aconteceu um evento que mudou tudo. E tudo, nós sabemos, é muita coisa... O amor! Sim, o amor. Mas, antes dele, outro evento: o Carnaval.

Pela descrição, descobri que o Grande Rei, àquela altura de suas histórias, perambulava justo aqui no Brasil. Mais precisamente em Olinda, uma cidade histórica do estado de Pernambuco, que ainda se esforça para preservar o Carnaval como uma festa lúdica e democrática. As pessoas começaram a se fantasiar, bonecos gigantes subiam e desciam as ladeiras de Olinda, ouvia-se frevo e os foliões dançavam até cansar – coisa que parecia nunca acontecer. Era tempo de contagiante alegria.

Foi nesse cenário que o Grande Rei deixou de ser um estranho para se tornar, aos olhos do povo, um folião muito bem-caracterizado. Afinal, todos agora vestiam fantasias!

– Olá, majestade! – diziam os foliões ao abordarem o Rei.

Reverências e poses para selfies passaram a fazer parte do enredo. Sua presença deixou de ser um incômodo e passou a ser querida. E foi nesse contexto, em um dia de Carnaval, que ele a conheceu...

Rose passou a seu lado fantasiada de acaso, cantarolando uma marchinha que ela mesma inventou. Rimava assim:

E olha só quem voltou – o Carnaval!
Veio para ficar – mas tem seu fim.
Mas, se tudo tem o seu final,
Por que não brincar de ser feliz?

Rose era uma jovem espirituosa! Tinha os cabelos ruivos, curtinhos – parecia uma flor! Olhos verdes e um sorriso de iluminar. Apertava os olhos ao sorrir e fazia um gesto com o pescoço que era uma graça, quase encostando a cabeça no próprio ombro. Dizia "ai, ai" ao fim de suas risadas. Uma risada é sempre mais gostosa se termina com um "ai, ai" combinado com um suspiro. Um sorriso é sempre mais bonito se ao canto da boca segue se esticando pelos olhos. Talvez nem fosse algo assim tão mágico... Mas ocorre que, de tempos em tempos, um meteoro arrebata nosso coração, flechando-o! Vindo dos confins do Universo, com o remetente "destino, não acaso", nos acerta em cheio. Um balaço que nos abala por completo. Mas é um abalo bom, que nos faz suspirar! É o tiro a distância mais assertivo de que se tem notícia. O gatilho se dá em uma maternidade, e vai embolando vida à frente até nos encontrar – o encontro de dois. O magnetismo romântico, a atração.

Sabemos que não falo literalmente de planeta, meteoro ou flecha. Mas de uma encomenda tramada nos mistérios das pontes que enlaçam as vidas. Estou falando de amor.

O primeiro abraço foi uma flechada! Aconteceu no furdunço dos bloquinhos que passavam saltitantes. Se esbarraram, sorriram, se abraçaram como dois ímãs quando se encostam. O coração no peito e a percussão da festa pareciam competir em um tum-tum descompassado. Pode parecer cedo para você, leitora ou leitor, que eu diga isto, mas o Grande Rei não estava conhecendo apenas uma mulher, e sim o amor. Coisa que só espiara antes nos livros daquele outro planeta. E, de fato, vivê-lo é indescritível. Tentar descrevê-lo é mero esforço das palavras. De todas as novidades desde que saíra de seu mundinho, o amor era sem dúvidas a maior de todas. Tão grande que parecia não caber no peito. Tanta luz que lhe brilhavam os olhos.

No magnetismo das pessoas que se atraem, abraçaram-se em riso. Olhavam um para o outro assim, de perto, mostrando o branco dos dentes. Rose fechou os olhos e foi aproximando ainda mais seu rosto. Relembro a você que aquilo tudo, em experiência experimentada, era novidade para o nosso reizinho. Na proximidade em que já caberia o encontro dos lábios, foram seus cílios que se tocaram como em um beijo de borboleta. Rose abriu os olhos, surpreendida pela sensação do toque dos cílios, e percebeu que o Grande Rei manteve os seus abertos o tempo inteiro. Assim, de olhos tão próximos, viram a alma um do outro. E dali em diante não estavam apenas perto, mas juntos.

Foi quando Rose lhe disse algo que já conhecemos:

– "O essencial é invisível aos olhos..."

Só então o reizinho fechou as pálpebras, sentindo uma enorme paz no peito. Rose continuou a frase, mas de maneira diferente àquela que sabemos de cor. Disse:

– ... os corações caminham no tato.

Seus lábios se tocaram, tateando um ao outro. E as bússolas no peito, vezes loucas, aflitas – digo, seus corações apontaram um para o outro encontrando a paz, serenando a vida.

Em outro esbarrão, livre de maldade, uma marchinha os separou por um breve momento. Breve, porém o suficiente para sentirem a certeza de que queriam ficar juntos. O casal se reabraçou assim que pôde! Ainda assimilando a explosão de sentimentos, o Grande Rei lhe disse com voz mansa ao pé do ouvido:

Tu... que desfilas fantasias
Deixas em folia o meu coração.

Saltitante feito frevo.
Brincas de ser
A bateria do tum-tum.

As luzes da cidade
Tentam, mas não somam
O brilho dos meus olhos ao te ver passar.

Bloquinhos passam, tu ficas.
Você e eu: dez!

Era um homem puro. Não ingênuo, mas puro. Havia passado tempo demais longe de qualquer maldade. O amor de alguém assim é preciso ir buscar além das estrelas para encontrar.

Rose, embora criada na Terra, também fugia ao comum. O Grande Rei logo percebeu que ela olhava o mundo com "olhos de última vez". Dava atenção aos entalhes da vida e tratava a todos com afeto. Oferecia sempre seu melhor em tudo, como se não fosse ter outra oportunidade para fazê-lo. Todos os seus gestos eram ornados de gratidão, e ele gostava disso! Queria estar perto de alguém assim, e era correspondido.

Rose o surpreendia com os curtos diálogos que travava consigo mesma. Sim, falava sozinha! Como tantas vezes o Grande Rei em seu planeta também falara. Perguntava a si própria, e ela mesma se respondia. E às vezes fazia tudo isso cantarolando seus dizeres.

Feito um menino que descobre o mundo, o Grande Rei fez-lhe uma pergunta que parecia fora de contexto, mas completamente dentro do encanto:

– Rose, por que teu cabelo é curtinho?

– O que preciso ter grande está na cabeça, mas dentro! Antes, escondia minhas orelhas de abano debaixo dos meus cabelos; e a minha coragem, nesses medos bobos. Eu já tinha pensamentos demais pesando o meu pensar! Pensava, pesava... Daí os cortei.

O Grande Rei não era muito diferente da gente em alguns aspectos. Ele também entendia a vida por comparação. Não era regra, mas notou que as mulheres, em sua maioria, tinham os cabelos compridos. Já Rose, não. Isso fazia dela ainda mais distinta entre as demais. Via beleza na distinção.

14

Continuaram se encontrando naqueles dias mágicos. Eis que, no tempo certo, o Carnaval teve seu fim. Os bonecos gigantes foram recolhidos, o frevo parou de tocar, as pessoas pararam de dançar e andar fantasiadas... O Grande Rei, por sua vez, continuava o mesmo. De coroa e tudo! A vida era sua única fantasia. Passado o Carnaval, o mundo voltou a julgá-lo pelos mesmos motivos de antes... O mundo, menos uma pessoa: Rose. Que o achava "diferente" por seguir vestido daquela maneira, falando as coisas que falava. Apesar disso, havia se permitido conhecê-lo para além das aparências.

Tinham conversas abstratas, nas quais facilmente um terceiro se perderia na tradução. Falas de quem se conhece há muitos anos, em um raro nível de entendimento, embora se conhecessem havia tão pouco tempo. Podiam também confabular sem dizer uma única palavra, apenas com o piscar dos olhos. Mensagens codificadas no dilatar da pupila, no franzir da testa, no levantar das sobrancelhas, no mais sutil sorriso. Como se pudessem escutar os sussurros do coração.

Escutar o próprio coração sempre foi um conselho clássico, por vezes assertivo. Ambos ouviam o próprio peito, o que é normal. Mas, numa rara sorte do encontro de dois, também ouviam o coração um do outro. Diante da raridade desse fenômeno, é natural que tenham apostado em uma linha direta entre os tambores do peito, dançando no mesmo ritmo.

Seus diálogos – sendo franco – também podiam ser, de fato, bobos, o que é um privilégio da intimidade. O nascer de um amor nos deixa mesmo abobalhados, mas esse é dos casos em que ser bobo é melhor do que tão sério. Não conseguiam mais se separar, nem havia por quê! Faziam tudo juntos. Logo, tiveram uma conversa, digamos, previsível:

– Estamos nos cativando?

– É preciso ter paciência – respondeu a menina-flor. – Isso que você sente por mim é real?

– Sou um rei! Tudo que vem de mim é real.

– Um rei vindo de um planeta muito distante...

– Para dores de lonjura, dois goles de vontade: um meu e um teu. E a distância estará resolvida.

– Onde é o teu castelo?

– Eu sou o meu castelo e universo. Eu moro em mim. Não sou qualquer lugar...

– Único verso...

– Rascunho definitivo.

Rose o contemplou por um momento, encantada com a leveza daquela conversa, imaginando se de fato entendera as entrelinhas, ou se estava perdida na tradução, dando significados sugestionados pela própria vontade. Mas, incrédula dos homens em geral, disse como só um balde de água fria poderia dizer:

– Lúdico demais! Tem gente que pensa que pessoas como você não existem. Eu, por exemplo.

O Grande Rei segurou suas mãos com um toque gentil e perguntou, olhando para elas:

– Estou te tocando?

– Está.

Voltou seu olhar para os olhos verdes, e disse:

– Pois, se algo te toca, tenha certeza de que é real.

Olhavam-se com profundidade. Tocada, Rose pensou tão alto, que as palavras lhe mexeram a boca como em uma confissão:

– Eu não sabia que você existia, mas sentia que um dia iria te encontrar.

Abraçaram-se. Não havia dúvidas – estavam se cativando. Como dois versos que se completam em uma mesma estrofe. É preciso mesmo estar um pouco louco para entregar algo tão vital quanto o coração. Mas a vida, sem essa loucura, que graça tem? A segurança de um pássaro que não se lança ao ar? Ora, que graça tem?

"Eu sei que a cativei, porque a trouxe para o meu mundo. Porque ela quis me acompanhar, e nele ficou. Digo 'mundo', não planeta. Mundo... Eu trouxe Rose para o meu mundo." Foi assim que ele me explicou suas conclusões sobre se sentir amado. Rose poderia dizer o mesmo, com as mesmas palavras, pois ela também o levara para seu "mundo". Não sabiam, percebe-se, quem estava no mundo de quem.

Com o fim do Carnaval, ela o convidou para conhecer o vilarejo que guardava as memórias de sua infância. Foram para a estação rodoviária do Recife apanhar um ônibus que servisse ao destino. A rodoviária de uma capital é sempre templo da saudade para os mais humildes. Para aqueles de bolso leve, que não podem, sem grande esforço, viajar de avião – máquina de voar que serve a muitos propósitos, entre eles o de aproximar pessoas que moram longe.

Nas capitais se encontram maiores oportunidades de emprego e estudo. Por esse motivo, as pessoas, não raro, largam suas vidas no interior do estado para seguir uma jornada severina rumo ao sonho da prosperidade. São filhos que, tão logo concluem os primeiros estudos, alçam voo rumo aos cursos de faculdades, ou cursinhos da vida, pagando o preço dos desafios de morar longe dos pais. Digo isso nos casos mais estruturados, pois é igualmente comum que as pessoas larguem suas famílias no interior por força única e exclusiva da necessidade – quando ela fala alto, basta. Vão em busca de uma oportunidade de trabalho que lhes proteja do sol impiedoso, que já maltratou seus antepassados por demais. Partem em busca de uma vida melhor. Pois de que vale uma vida sofrida se não pudermos acreditar em uma vida melhor?

Aqui no Nordeste estamos sempre "em casa". Reconhecemo-nos pelo sotaque macio aos ouvidos acostumados, embora em algumas capitais seja costume falar um pouco mais chiado. Herança dos portugueses com seus "Ora, pois!", talvez. Para além do sotaque, nos reconhecemos principalmente em nossa luta. Não à toa, a empatia é natural ao seio nordestino. Mas não foi para chegar a este ponto que comecei esse falatório. Dizia sobre as rodoviárias, templos da saudade. Voltemos.

Se a viagem é longa, as pessoas são mais humildes; e as despedidas, mais chorosas. Gente que se ama vive longe e se reencontra de vez em nunca. Rose assistia ao choro alheio, lembrando-se das tantas vezes que viu sua mãe chorar se despedindo de "papai", seu avô. Em todas as vezes ela também, menina, chorava junto. Hoje ainda, lembrando, chorou. É bonito? É. Mas é também sofrido.

Enfim, pegaram um ônibus que venceu a maior parte do chão – que era de calçamento. Em seguida, subiram em uma segunda condução – agora em estrada de terra. A poeira subia, e lá fora corriam as estacas de sabiá que cercavam as fazendas. Quem corria, na verdade, era a condução. Mas tudo, já sabemos, é questão de perspectiva.

Nos dias que se passaram, o Grande Rei e Rose casaram. Festa matuta, à luz de fogueira e ao som de forró. Dança, diga-se de passagem, que o Grande Rei conheceu por intermédio da moça, como, literalmente, tudo de bom que há neste mundo. Afinal, os livros não ensinam tudo. Uma infinidade de capítulos precisa ser vivida. Coisa de quem não vive à deriva, sendo apenas personagem da própria vida, mas também se permitindo, por direito, ser autor.

Rose explicou os passos do forró, dizendo-lhe:

– Primeiro a gente encosta os corações desse jeito, como em um abraço. – E o abraçou. – Daí segura as mãos deste jeito. – E segurou da maneira típica. – Depois são dois passos para lá e dois para cá.

E na vida queriam mesmo ser isso: dois juntinhos para lá e para cá.

Coube à moça conduzi-lo na dança, ainda que por costume o papel caiba ao rapaz. Coube-lhe sem a menor discussão sobre a quem compete "manobrar" quem. Tinham – por confiança um no outro – a decisão automática de que calha a quem melhor sabe o que está fazendo fazê-lo. Rose contou-lhe que certa feita dançou com um rapaz que, mesmo não sabendo dançar, dançava mesmo assim, convidando as moças para dançar consigo, e mantendo em silêncio o fato de não saber dançar. Em sua inocência, na ocasião, Rose achou que era ela que não conseguia acompanhar os passos do tal rapaz. Acreditando ter as pernas atrapalhadas, chegou a pedir-lhe desculpas. O rapaz – que, sendo um rapaz, já não era um menino e aprendia a ser homem – aceitou as desculpas em silêncio, ainda que tivesse a certeza de que o erro fora dele. Questões que ainda levaremos gerações para desconstruir, ou melhor, desestruturar.

Fato curioso sobre o Grande Rei: quando estava feliz, cantava! Resposta automática à felicidade que sentisse, como em uma necessidade de se transbordar, ou uma maneira de compartilhar. Era uma pessoa transparente. Igualmente, se estava triste ou aborrecido, transparecia. Já feliz, cantarolava músicas que ele próprio inventava, ou outras que ouvia por aí. Diferentemente dos passarinhos, que podem cantar ainda que engaiolados – não que esse canto seja de alegria, mas o canto do Grande Rei sempre o era. E ali, dançando agarradinhos, se dirigiu ao trio nordestino que tocava o forrozinho. Disse-lhes musicando:

Sanfoneiro, emende o xote com um baião!
Mas não deixe acabar essa canção,
Pr'ela não ir embora!

Sanfoneiro, desenrole daí
Que eu desenrolo daqui,
E a gente desenrola!

Sanfoneiro, segure a canção,
Que eu segurei pela mão
Quem eu vou levar embora!

Sanfoneiro, desenrole daí,
Que eu desenrolo daqui...
E a gente se namora!

Os demais detalhes daquela noite pertencem apenas ao casal. Não é assunto que seja pirão para a gente precisar ficar mexendo. Basta dizer que, até aquele momento, ambos passaram suas vidas olhando para as estrelas com admiração. Mas naquela noite foram elas, as estrelas, que olharam para os dois encantadas.

15

Existe o amor romântico e o amor genuíno. O primeiro, todos conhecem bem. Então a vida, astuta, nos cobra o segundo. Um mar de rosas, convém não esquecer, é também um mar de espinhos. Mesmo o que nos parece eterno tem seus dias contados. Isso nem sempre é do nosso agrado, mas, por regra, a vida se apresenta assim. Rose guardava um delicado segredo que vou agora revelar. É importante que eu o faça ainda em tempo, antes que você também se deixe cativar pela moça com a profundidade a que o Reizinho se permitiu.

Os pensamentos que lhe pesavam a cabeça, justificando o corte do cabelo e os ditos "olhos de última vez", eram, infelizmente, sobre uma grave doença que lhe acometia. Tão grave que não havia a menor possibilidade de ser enfrentada – restava-lhe apenas aceitar seu destino. Os cabelos curtinhos eram poéticos pelas tempestades cortadas que podiam simbolizar, quando a explicação era romântica. Mas iam além, sendo também o sinal de uma mulher que rompe com os conselhos do mundo, e seu coração lança uivos que é para ela se encontrar. Sem deixar que ninguém mais lhe diga o que ela tem de ser para se encaixar. A todo custo, enquanto havia tempo, tomou as rédeas de sua vida. Redigo reforçando: enquanto lhe havia tempo! Desenganada pela medicina, decidiu por conta própria abandonar seu tratamento. Seus cabelos eram curtos porque não tiveram tempo de crescer.

Era realmente conflituoso que, com a vida no fim, estivesse apaixonada. Trazia-lhe algum conforto sentir por uma última vez o despertar da paixão florescendo em seu peito. Como se Deus cruzasse os dedos dizendo: "Agora vai!". Como se um coração apaixonado fosse impedido de não viver.

Rose sabia que aquilo não era justo com o Grande Rei. Não era certo deixar que ele mergulhasse tão fundo, sabendo que, quando lhe faltasse o fôlego, lhe faltaria também a superfície para respirar. O amor, se amor, é responsável. Implica tomar alguns cuidados no cálculo de nossas decisões. Assim, decidiu contar-lhe... Talvez um pouco tarde, mas contou. Eu disse "um pouco", mas na verdade já era tarde por demais. Eu disse "um pouco", pois admito que gosto da Rose – quis aliviar.

– Morrer?

Tão novidade quanto o amor, a morte também era algo novo para o nosso reizinho. Como é possível amar alguém, se entregar de toda alma, e de repente este alguém não fazer mais parte da nossa vida? De toda alma! Não lhe parecia justo... Sentiu que sofreria. Sentiu muito, muito medo.

– Não estou pronto para não te ver nunca mais.

A essa altura, os dois choravam abraçados. Rose, que já havia muito aceitara seu destino, agora tinha nos olhos cachoeiras – desabava em lágrimas! O Grande Rei foi ingênuo nessa hora, prometendo protegê-la da morte. Disse que não deixaria que nada de ruim lhe acontecesse. Rose, muito forte, retomou a mulher de fibra que sempre foi, e disse enxugando as lágrimas, mas ainda com a voz engasgada:

– Que bobagem... Não preciso de redoma! É o meu destino, não há o que se fazer.

Trancou o choro e emendou um pedido, com seus olhos verdes de esperança:

– Quero que me leve ao teu planeta. Para conhecer o teu mundo. Esquentar as mãos nos vulcões das histórias que me contaste. É o meu último pedido.

Certa vez, diante de uma mágoa, passei a estabelecer como regra que, se algo é importante para mim, não quer dizer que também precise ser importante para mais alguém. Eu me achava muito adulto pensando dessa maneira, mas o que o Grande Rei respondeu para Rose me bagunçou as ideias. Ele disse:

– Se é importante para você, também é importante para mim. Eu a levarei.

Foi uma fala simples, mas tão comprometida que me fez desconstruir minha ideia original. Se algo é importante para alguém que amamos, esse mesmo algo precisa ter alguma importância para nós também. Nem que seja por tabela. Nem que seja por amor... Bem digam os pais e as mães que incentivam os filhos em algum esporte, mesmo sem entender bulhufas sobre a atividade. Bem digam mais ainda as mães e os pais que passam a entender alguma coisa sobre a tal atividade. O que eu pensava antes – hoje sei – foi o jeito que o meu coração encontrou para desculpar a pessoa que havia me desapontado. Jeito perigoso, *vide* seus efeitos colaterais.

O Grande Rei sabia que não havia nada de mais em seu planeta! Mas não vamos desmerecê-lo, pois o lugar tinha lá suas vantagens. Como o mundinho era pequeno, estar lá trazia a sensação de se ter o tamanho de um continente. Facilmente, sentia-se uma grandeza que ia além do tamanho! Ser grande não é só ser maior na altura, mas também ser mais: mais amoroso, mais paciente, mais forte.... Havia ainda outra vantagem: seu planeta tinha uma relação diferente com o tempo. Os dias passavam rápido, em lindos pores do sol. Já os anos representavam uma eternidade, dada a enorme translação necessária para dar uma volta completa no distante Sol. Talvez assim Rose tivesse uma vida mais longa do que aquela que os médicos previram... E, por lógica, mais tempo a seu lado... Doce ilusão.

O céu se estendia em um mar de estrelas. Aproveitaram-se disso para montar em um peixe que nada nesse mar, dando início ao lúdico que Rose buscava. A viagem foi comprida o suficiente para ela se distrair de sua dor, encantada pelo caminho. Encantar-se pelo caminho costuma ser mais proveitoso do que ansiar pelo destino. O encanto veio primeiro pela verdade das histórias que o Grande Rei lhe contara. Em segundo, pela proximidade das estrelas, que sussurravam dizeres de luz a seus olhos cansados de chorar. Ouvir dizeres de luz pode ser tudo de que carecemos.

Eis que, enfim, chegaram. Ela caminhava pelo pequeno planeta e achava muita graça que todos os caminhos proporcionassem reencontros. Acomodaram--se perto de um vulcão e passaram a conversar sobre os mistérios da vida – que existem de sobra.

– Alguém desenhou todo este Universo só para nós.

– Só para laços! – rebateu o Grande Rei, vendo alguma maldade nos nós.

– Deve ser um Grande Arquiteto...

– ... que fala aos sussurros – completou o Grande Rei, mas completou errado.

– Não! Acho que fala do jeito que for preciso. Às vezes, é aos gritos, como os trovões que anunciam uma tempestade.

O Grande Rei fez silêncio, convencido de que naquele momento mais valia escutá-la do que falar.

– Disso eu sei porque investigo seus mistérios, e aqui te revelo minhas conclusões. Deus, aquarelista, chegada a hora de anoitecer, faz assim: primeiro molha seu pincel numa xícara de mar, encharcando o céu com a pastilha negra que dita silêncio ao Universo. O faz a começar pelo leste, enquanto o sol nos distrai no outro extremo. Faz assim para nos pegar de surpresa, pois acha graça se dizemos: "oh, mas já escureceu!?". Depois encharca o pincel em guache branco fluorescente. Dá--lhe um peteleco, e assim pinta as estrelas. Terminada a obra, assopra uma brisa para suas tintas secarem. Nessa hora sentimos aquele friozinho, e quem tem uma costelinha para se encostar, se abraça. Então, Papai do Céu se recolhe em um canto para ler as orações com atenção especial. Lê nossos corações, envia seus anjos, capricha nos sinais... Escreve nossos sonhos... Mas os sonhos já são outro mistério. Ainda estou investigando.

Rose então o olhou em silêncio. Fez uma carícia na própria barriga, na altura do ventre, como quem escolheu guardar ainda um segundo segredo. Daqueles que guardamos não por constrangimento, mas para poupar quem amamos. Então, o Grande Rei disse:

– Eu queria ter te levado para conhecer mais lugares...

– Mas o céu já não basta? – indagou a menina-flor.

– Vou me lembrar deste pôr do sol para sempre...

– Guarde o que de melhor aconteceu aqui.

Rose deitou em seu colo. Ficaram em silêncio vendo o sol fazer o mesmo – deitando calado no limite do planeta. Logo, muito em breve, anoiteceria. O Grande Rei lhe fazia um cafuné. E ela, sorrindo, adormeceu... Para sempre.

16

Desespero.

Seu corpo estava ali. Seu vestido, seus cabelos... Mas e ela, onde estava? Para onde foi sua mente? Onde se ouvia seu riso? Onde falava sua voz?

– Acorde! Por favor, acorde! Não vá! Não me deixe só...

O Rei sentiu-se pequeno, feito um grão de poeira sem ter ao que se agarrar numa ventania. Todas as estrelas lhe assistiam compadecidas, como se sua vida fosse uma novela e aquele, um capítulo muitíssimo triste. Pobre homem! Sentia dores que lhe alfinetavam a alma.

Andava desolado por seu planeta, e todos os caminhos lhe levavam Rose deitada em sono profundo, com uma mão na altura do coração e a outra na altura do ventre. Todos os caminhos o levavam de volta à situação que precisava encarar.

Rose havia-o orientado que, quando isso acontecesse, ele deveria enterrá-la como se fosse uma semente. Mais do que orientado, Rose o fez prometer. O Grande Rei, cumpridor de suas promessas, assim o fez, embora com resistência e muito abatido. Com os olhos encharcados das lágrimas de quem perde um grande amor, com as últimas forças que lhe restavam... Quando finalmente concluiu a promessa, fez um montinho com aquela terra azul. Agora ali havia três montinhos. Dois eram os pequenos vulcões. Já o terceiro demarcava o lugar onde ele havia enterrado Rose. O ponto mais sensível de seu planeta.

Aquele cenário lhe estava insuportável. O Grande Rei, já não tão grande assim, se encolheu deitado no chão e chorou por muitos pores do sol. Chorou tanto que algo inédito em seu planeta aconteceu! A terra ficou úmida e em determinada altura essa umidade subiu aos céus, formando nuvens. E as nuvens, por sua vez, choviam lágrimas por todo o planeta, desabando junto com o Rei. É difícil imaginá-lo assim, encharcado em tristeza, mas foi exatamente o que aconteceu.

As estrelas conversavam entre si, e assim a novela do Grande Rei se espalhou pelo Universo. Até que um dia, uma esperança veio do céu.

– Grande Rei...

– Grande Rei.

– Grande Rei!

Ele olhou para cima e viu três estrelas que estavam sempre enfileiradas lhe falar – as Três Marias.

– Nós sabemos de alguém que pode ajudá-lo.

– É, nós sabemos!

– Ele também é um rei! Muito, muito antigo...

– Mas é também curandeiro e professor...

– Seu nome é Tempo!

– O Rei Tempo...

Encolhido no chão, o monarca ouvia sem o menor ânimo para esboçar qualquer reação.

– Não se desespere!

– Se diz: “Espere, tudo vai melhorar!”.

Apesar do silêncio do Grande Rei, da falta de resposta, da falta de um olhar que não fosse aquele, vazio, triste, as estrelas seguiram firmes na intenção de ajudá-lo. É sempre papel da amizade ser um facho de luz em nossa vida. É papel da pessoa humana considerar que aquele que sofre, muitas vezes, não sabe pedir ajuda – não raro, por desacreditá-la.

As estrelas lhe contaram que não muito longe dali havia um rei misterioso que curava dores e ensinava lições. Apreensivas com seu sofrimento, elas insistiram que o Grande Rei fosse ao encontro do Rei Tempo. Era reconfortante ter o carinho das estrelas, mas quando estamos muito deprimidos não damos ouvidos aos conselhos dos amigos, por mais verdadeiros que sejam os conselhos e os amigos. Contudo, é muito importante poder contar com pessoas – no caso, estrelas – que nos iluminem com sua amizade.

Ainda assim, a principal força para reagir precisa partir do próprio indivíduo. Uma depressão dessa escala não é diferente do vício que enfrenta um pai de família alcoólico, ou um filho entregue à dependência química. Repito, porque julgo importante reforçar: a principal força para reagir precisa partir do indivíduo prejudicado, e é fundamental que esse indivíduo tenha a seu lado pessoas que acreditem em sua recuperação, por mais desanimador que o processo possa ser.

Após um longo período de luto, mastigando suas dores, o Grande Rei finalmente decidiu ajudar-se e ser ajudado. Para a alegria das estrelas, ele reuniu o pouco ânimo que ainda lhe restava, laçou a cauda de uma estrela e foi ao encontro do misterioso Rei Tempo.

17

O Rei Tempo habitava um planeta desértico. Suas areias, bordadas de pegadas, formavam caminhos cujo vento alisava a todo instante, mudando-os a todo momento. Percorrer qualquer um daqueles caminhos levaria uma vida inteira. Havendo duas vidas, levaria duas. Havendo três, três. Isso não encorajava o começo de uma jornada já anunciada por incerta, mas o Grande Rei deu um primeiro passo mesmo assim. Dar o primeiro passo é sempre muito importante. Persistir é ainda mais.

Seguia a trilha da intuição. Mas a sua, em particular, tinha, ou melhor, estava, com as lentes turvas. A verdade é que vagava no deserto, extenuado. A lembrança de Rose o martelava, lhe embaralhando os pensamentos. Persistir naquelas condições não era fácil, mas não se entregou ao sentimento de derrota. Andava em passos perdidos, pensando nas coisas que pensamos quando caminhamos a esmo, distraindo nossas pernas... O importante é que andava.

Eis que uma porta misteriosa lhe chamou a atenção! Erguida no nada, no meio do deserto. Tinha duas colunas com globos no topo, e um arco de pedras logo acima, ligando as duas colunas; havia um véu azulado que lhe servia de cortina. O Grande Rei lembrou-se de uma história que as estrelas lhe contavam na infância, na tentativa de niná-lo. Falava sobre um véu que causava uma espécie de cegueira nas pessoas, as impedindo de enxergar questões sutis da vida e da existência – o véu de Ísis. A porta tinha um olho mágico dentro de um triângulo. O Grande Rei ficou na ponta dos pés e tentou espiar através dele, mas nada viu. Na verdade, a tentativa lhe rendeu uma sensação estranha: sentiu que naquele movimento fora o olho mágico que lhe espiara os pensamentos.

A porta tinha ainda uma maçaneta dourada em formato de mão. Por palpite da intuição – aquela turva –, pensou que ali poderia ser a morada do Rei Tempo. Bateu à porta de qualquer jeito, mas ninguém respondeu. Segurou firme a maçaneta, que, para sua surpresa, apertou sua mão de volta, como em um cumprimento. A porta, então, abriu sozinha para dentro, rangendo. E, como a maçaneta segurava-lhe a mão, ele acabou dando um primeiro passo cambaleante para o interior do que ali havia – um corredor comprido e escuro. Um corredor mágico, visto que a porta era erguida no meio do nada, e nada havia atrás dela quando fechada.

A maçaneta soltou-lhe na mão. Então, o Grande Rei precisou decidir se iria seguir pelo corredor-caverna adentro, ou se continuaria a procurar o Rei Tempo nas areias daquele planeta. Sentiu medo do desconhecido, mas sua coragem falou mais alto, e ele escolheu a caverna-corredor. Lá na frente, a se perder no infinito, havia um único ponto de luz perfurando o breu – no mais, tudo eram trevas. O Grande Rei seguiu rumo à luz como uma mariposa mira um poste. Não se sabe por quanto tempo andou, talvez três anos, ou doze horas. Sempre que seus pensamentos desancoravam dos dissabores da vida, a luz parecia mais próxima. Ao passo que, ao se apegar às dores de sua perda, parecia distanciá-lo do ponto luminoso.

Tateava as paredes de pedra escura, cheiro úmido, insalubre. Às vezes, tinha a impressão de enxergar símbolos feitos com giz branco ou tom prateado. Talvez obra do Rei Tempo, ou quem sabe de outros forasteiros que por ali passaram. Eram galos, caveiras, ampulhetas, lágrimas prateadas, escritos e siglas misteriosas...

Pela leveza em sua cabeça, notou que havia perdido sua coroa durante a caminhada. Talvez ela tivesse caído no passo cambaleante que dera quando a maçaneta--mão o puxou para dentro. Despojado do metal, o cenário e a jornada o levaram a pensar na finitude da vida como a conhecemos. Pensava no destino de Rose como inescapável para todos. Concluía sobre o que seriam os tesouros da vida e no que valia a pena investir. No exercício da reflexão, fortalecia suas condutas enquanto homem de todo livre; logo, livre de maus costumes. Como uma semente que germina na escuridão, no ventre da terra, algo em seu coração arriscava brotar.

Seus passos tinham o som do estalo de folhas secas, vindo não se sabe de onde, visto que árvores não havia ali.

Mais adiante ouvia o rugido de trovões, como se estivesse em meio a uma tempestade, mas os clarões dos relâmpagos não se apresentavam. Nem os ventos, nem a chuva. À frente, assombrou-se com o tintilar de metais, como se espadas estivessem sendo forjadas. Mas por quem, se não havia ferreiros ali?

Apesar de todos os tumultos, seguia firme, desejoso de alcançar a luz. Em dado momento, enfim reinou o silêncio... Cessar de ruídos que pouco a pouco deu lugar a uma sonoridade quase imaginária – o corredor estreito entoava "OM" em fôlegos profundos e "m" arrastado, como se o planeta estivesse respirando por aquela via. Atentos ao som daquilo que lhe parecia uma respiração, em um momento de persistência maior de sua concentração, o Grande Rei esteve, em absoluto, pleno em seus passos em direção à luz, e enfim, por tamanha plenitude, alcançou-a.

Para sua surpresa, o tal ponto de luz não passava de uma vela. Estava no centro de um modesto salão circular. Iluminava os dizeres: "Aqui está guardado o silêncio do Universo. Medite", escritos em giz branco, distante nas paredes, sinal de que o Grande Rei não era o primeiro a estar ali – nem poderia, visto que alguém escreveu nas paredes e acendeu a vela.

Se aquele era mesmo o lugar mais silencioso do Universo, de fato fazia sentido que fosse um ambiente propício à meditação. O Grande Rei sentou no chão com as pernas cruzadas e deixou os pensamentos virem, ao passo que intervalos de vazio também o preenchiam. Estava simplesmente aberto para o momento.

A câmara era tão silenciosa, mas tão silenciosa, que ele podia ouvir a música, talvez imaginária, que fazia a chama da vela dançar. Era ainda o mesmo "OM" que entoava em sua mente quando alcançava o vazio pleno. Era o som do silêncio. Uma canção que sempre estivera vibrando, e, justamente por não cessar jamais, não conseguia antes percebê-la. Faltava-lhe um momento de silêncio universal como ponto de comparação para perceber que, sim, há um canto divino em curso – agora, no instante desta leitura, antes dela, depois e sempre.

Concentrado em si, todos os seus pensamentos agora lhe eram lúcidos. Recapitulou sua vida desde as memórias mais antigas. Cada estrela-cadente, cada pôr do sol, cada fôlego. Percebeu que, ao longo dos anos, uma mesma situação o maltratou, se apresentando de diferentes formas, em diferentes cenários, com diferentes personagens – o apego! Sempre o apego. Volta e meia a vida lhe apresentava a necessidade de permitir-se "descativar" sem sofrimento. Nenhum apego deste mundo se sustenta.

Certa vez cresceu em si um enorme carinho por uma estrela que passeava pelo céu. Ver seu brilho encheu seus olhos de esperança em dias de luz. Mas ela era passageira, e seu partir lhe causou dor. Em outra data nasceu uma flor em seu planeta chamada dente-de-leão. Se tornaram grandes amigos! Até que houve uma ventania que espalhou suas pétalas pelo Universo e a amizade também se espalhou com os ventos. Novamente, o Grande Rei sentiu as dores da perda.

Agora era a vez de Rose o maltratar. Maltratar!? Mas que injustiça da parte do Reizinho! A estrela partiu porque era de sua natureza ir. Só lhe cabia buscar entender e respeitar isso. O dente-de-leão desapareceu, pois era seu destino se deixar espalhar pelo vento. Já Rose lhe apresentou o amor e belezas divinas. Ela se foi por via de uma força maior. Se pudesse vê-lo naquele momento, com certeza não gostaria de saber que sofria. Verdade seja dita, a prova que a vida lhe aplicava não exigia que aprendesse a descativar, mas, sim, que deixasse de se sentir eternamente uma vítima dos términos.

Não lhe restavam dúvidas. Meditar naquele salão revelou que precisava aprender a aceitar o desapego como uma exigência da vida. Guardar o sagrado das relações sempre faria seu coração suspirar com o alívio de quem viveu o amor genuíno, ou qualquer outra relação valiosa. Conservar o coração livre, sem apego... Ao passo que mastigar o fim das relações lhe traria sempre dúvidas sobre se um dia foi mesmo feliz.

São incríveis as reflexões que consultar o nosso coração em silêncio pode nos trazer. Não me refiro bem ao silêncio dos sons, mas ao aquietar da mente, ao cessar dos ruídos de dentro. Zerar o pensamento é entrar em um estado de percepção profunda. É perceber-se! Se estivermos diante de uma paisagem bonita, mais vale sentir sua beleza do que dizê-la. Mais vale que o nosso espírito sinta do que os nossos olhos apenas constatem.

Concluiu, por percepção, que a felicidade é um instante passageiro, e que há razão de ela ser assim.

Cada risada sincera é um tesouro mensurável apenas na moeda do tempo. É o prazer da sobremesa no momento da mordida. Aproveitar a vida é ser inteligente e fazer valer este existir. Todo aquele que sabe viver o presente já é por si um artista. Só por vivermos encontros, tocarmos uns aos outros e inspirarmos cores, sabores e sorrisos, somos artistas da arte de viver. Não se pode segurar um momento. Resta-nos aproveitá-lo com todo o nosso coração.

Respire fundo agora mesmo. Largue este livro por um momento e abrace forte alguém que ame. Vale abraçar até um cãozinho, ou gato. Vale até abraçar alguém com quem não temos tanta intimidade, e amar essa pessoa enquanto irmão, ou irmã humana – que, por também estar em vida, é, portanto, pessoa que enfrenta conflitos e pode estar carecendo de ser abraçada. Faça a vida valer em todos os agoras. Me permita a alegria de imaginar ter sido atendido nesse pedido que te faço. Se estiver só, não tem problema: abrace a si mesmo. Encoste sua cabeça no próprio ombro. Seja seu melhor amigo.

18

Chorou de soluçar. Chorou como choramos quando a nossa alma reconhece uma verdade que tem o poder de ressignificar nossa vida. Distraiu-se do choro quando a chama da vela abandonou o pavio, levitando pelo salão como um vaga-lume que não pisca. Depois, verteu-se em uma estrela diminuta, um átomo de luz! Eis que um enorme tecido de céu noturno, como um pedaço rasgado da noite, surgiu dançando envolto à estrela. O Grande Rei ouviu uma voz carregada de sabedoria. Uma voz que se revelou aos ouvidos naquele instante, mas que em seu íntimo já a ouvia.

– Jovem Rei, levante-se.

Em sua fronte estava, enfim, o Rei Tempo. Ele era tão grande quanto os olhos do Grande Rei podiam ver. Um crânio de ouro coroado que levitava envolto por um manto cósmico de estrelas vivas. Em sua testa havia uma cavidade profunda em formato de triângulo, e em seu centro o ponto de luz, que é de onde vinha sua voz.

– Você é enorme! – comentou o Grande Rei admirado, mas confuso sobre ele caber em um salão tão modesto.

– Mas é você que chamam "Grande"... – disse a figura enigmática, demonstrando algum senso de humor. E continuou: – Posso ser pequeno como uma fração de segundo ou ainda menor. Também posso ser grande como milênios e me estender além de seu entendimento. Só posso ser o que sou; logo, posso ser o que quiser. E saber o que se quer faz toda a diferença em uma jornada. Agora que meditou, me diga: o que quer, jovem Rei?

– O que quero? – repetiu o Grande Rei, baixinho para si. E disse em tom alto e claro: – Rei Tempo, perdi uma pessoa. Traga-a de volta! – pediu o Grande Rei imperativo, parecendo, naquele instante, não ter aprendido nada com a meditação que fizera.

– Me chama de Rei por equívoco do comum. Sendo o Tempo, sou um Deus, ou força equivalente.

– Se é um Deus, pegue a minha dor e faça com que passe.

– Sendo um Deus, não sou eu quem me curvo à tua vontade. Confie em mim e em você. Ou, como dizem, tenha fé... E espere que eu, o Tempo, passe.

O Grande Rei não quis parecer desrespeitoso, mas o Deus/Rei Tempo o confundiu ao perguntar "O que quer?". Acontece que aquilo não era sobre fazer um pedido, como fizera Aladim para o gênio da lâmpada, mas sobre ter clareza de pensamento. Saber o que se quer! Das coisas que o Grande Rei queria, ter Rose de volta em sua vida era seu maior desejo. Porém, o desejo nunca é bom conselheiro às questões da nossa necessidade.

Existem vontades que vão além da curva do tempo. Em suas incursões sentimentais naquele salão e jornada, o Grande Rei havia aprendido que só existe o agora. O resto é lembrança ou projeção. Quem se banha nos mares do passado não pode viver de mergulhos profundos, sob pena de afogar-se em depressão ou saudosismo vil. Já quem vive projetando o futuro troca a firmeza do presente pela agonia da ansiedade. Sobre o futuro, é sempre importante que se reflita que ele é forjado na oficina do agora. Em certa medida, o futuro até pode ser previsível. O Grande Rei poderia antecipar, por exemplo, que, se sua relação com Rose era uma grande fonte de felicidade, sua não relação com Rose seria uma fonte de tristeza. Novamente, teria conclusões sobre o apego, e às conclusões poderia dedicar providências. O desafio – seja no campo sentimental, seja em qualquer outro – está em trilhar o caminho do meio. Uma vida equilibrada, equidistante dos extremos.

Aproveitar o agora com sabedoria é um gesto de gratidão à vida! O Tempo condenou a tristeza perpétua. Disse que era um sinal de pouca fé. Ensinou que tudo vem das leis do Grande Arquiteto que projeta o Universo. Que tudo é para o bem e tem um sentido que pode estar, ou não, além do nosso entendimento. Acreditar nesse sentido é o que se chama Fé.

Sobre Rose, o Rei Tempo deu garantias:

– Observe as estrelas do meu manto.

O Grande Rei olhou-as com toda a atenção.

– Algumas não estão vivas, mas continuam brilhando. O brilho delas segue perpétuo enquanto existir lembrança de sua luz no espaço. Mas também é preciso aceitar que o brilho possa se extinguir, cabendo-vos guardar sua lembrança sem murmúrio, assim como faz um lampião apagado, com saudade da luz e do calor que ela traz, porém sem lamento.

Por essas palavras, o Grande Rei entendeu que Rose agora era uma estrela no manto do Tempo. Fato, em verdade, que ele não queria aceitar. Mas sendo algo imposto pela vida, e sendo também irreversível, não seria melhor que aceitasse?

– Eu entendo o que diz, mas entende que estou sofrendo?

– Eu entendo que está sofrendo. E entenda que desse grave ponto em diante não haverá equilíbrio entre você e seu sofrer. Você e seu sofrimento encaram-se frente a frente, como serpente que tenta hipnotizar o encantador. Nesse impasse, um dominará o outro. Atento! – disse alto como um trovão. – Pois um necessariamente dominará o outro! Torço que seja você a vencer.

– Como posso vencer, se me faltam forças para lutar?

– Olhe-se com mais respeito. Olhe para si e para os passos que te trouxeram até aqui, e saber-se-á forte.

– O que eu quero é Rose de volta, mas, se não posso tê-la, o que quero, então, é não sentir mais essa dor.

– Pois vos digo que uma dor tão grande não pode ser removida sem deixar em seu lugar um vazio de tamanho igual. Se quiser retirar essa dor do teu peito, deve preencher o espaço que ela ocupa com sentimento equivalente em grandeza. Os sonhos e os medos são guardados na mesma caixa. Pois, então, pince com sabedoria os sentimentos que sentirá. Caso contrário, fará um péssimo negócio.

– Só o amor pode ser tão grande.

– O amor pode ser tão maior, jovem Rei, mas existe sentimento mais apropriado para o caso...

– Quer sugerir?

– Quero em muito é te ajudar.

– Pois me diga...

– Considere escolher a Gratidão, monarca.

– Gratidão!? Quer que eu agradeça à minha dor!?

– Quero que cresça, Reizinho. E a gratidão pode fazê-lo grande.

O Tempo era misterioso, paciente e sábio. O Grande Rei era jovem, portanto por vezes impaciente, mas tinha alguma inclinação à sabedoria. Fruto de uma vida em silêncio, de quando vivia só. Qualquer mestre investiria naquele aprendiz, e qualquer aprendiz seguiria um conselho daquele mestre.

Interessado em segui-lo, perguntou:

– Como eu posso agradecer à minha dor?

– Não é à sua dor que deve ser grato, mas ao crescimento que ela te oportuniza. Não preciso te dizer o que já tem condição de perceber – disse o Rei Tempo, convidando-o a ser grande. – Sujeito simples, você é verbo no infinitivo do agora, que é eterno.

O Grande Rei empenhou propósito no silêncio que fez, pois um bom silêncio convoca o Universo a nos escutar. Concentrou-se no peso de seu coração sem dar nome ao que sentia – apenas sentia. Sua narina pinicou, alfinetada de quem sabe que vai se emocionar. Verdade seja dita: fez um bico e o lábio tremeu. Abaixou a vista encabulado com sua emoção. Depois levantou o queixo e olhou para cima, deixando a vergonha de lado e dando espaço a algum orgulho por se emocionar. Aquilo o fazia sentir-se humano, e há paz nessa sensação. Olhava para o teto de pedra do salão. Notou constelações desenhadas em giz branco e prata, antes despercebidas. Mirando as estrelas de pó, disse com voz trêmula, humilde, emocionado, como quem faz uma oração iluminada de verdade:

– Universo, coroa-me com a calma no caos. Que me sobre sabedoria para escolher os meus passos com a experiência do passado e a fé no futuro. Que eu conduza quanto antes este elefante para fora do meu peito, que é palco de grandezas, mas que é também pequenino picadeiro, circo de mim. Conserva-me livre de fanatismo. Sabedoria para acalmar os meus vulcões inflamados. Machado para os baobás e vigilância para que outros não voltem a crescer. Sou feliz e de todo grato por ter conhecido o amor. Sou feliz, portanto, grato.

Em seu peito brotou bem-vinda paz! Sensação que vinha por dentro, feito pavio de vela, conectando mente e coração. Bastou senti-la para que o Rei Tempo, como se ouvisse os seus sentimentos, dissesse com ares de quem cumpriu a missão de ensinar:

– Feito vela, acendeu para um novo grau de consciência. Com esse fogo, acendem-se os sóis e realiza-se de tudo nesta vida. Mantenha-o! – aconselhou, pousando uma estrela na nuca do Grande Rei, coroando-o com uma luz que brilha para além dos metais.

– Te agradeço, Tempo – arrebatado, disse sentindo indescritível paz, como se tudo agora fizesse sentido; de todo resignado.

– Me agradece, mas desconhece o preço.

– Qual é o preço?

– Acelerar o desenvolvimento humano para que se alcance um estado de consciência mais elevado em menor espaço de tempo é coisa que pode ser feita, e fizemos. A bem da verdade, de tempos em tempos isso é feito. E assim surgem personalidades livres de *persona*, comprometidas com a humanidade. Isso só pode ser feito servindo ao propósito de conduzir a humanidade nesse mesmo processo. Sua vida deve ser dedicada ao desenvolvimento da humanidade, escolha o caminho que escolher.

O Grande Rei tocou a luz em sua nuca e viu seu braço inteiro dourar. Olhou com temor e coragem para o ponto no centro da testa do Rei Tempo, e disse firme:

– É o preço dos iluminados.

Por ser uma caveira, o Rei Tempo tinha os dentes sempre à mostra, como em um perpétuo sorriso. Não esboçava sentimento por meio dessa face de osso-metal imutável. Sua testa ossuda, por exemplo, não franzia. Tamanha era sua sabedoria, que não deveria ter episódios de tristeza. Mas, se ocorresse, seu eterno sorriso disfarçaria bem. Logo se via que ele não era só o tempo, mas também o espaço, com todas as suas distâncias – inclusive as do tempo.

O Grande Rei abraçou seu manto estrelado e foi correspondido. O Tempo devolveu a coroa de ouro do Grande Rei, perdida outrora no início da jornada, e disse-lhe:

– Nunca se perguntou de quem herdou essa coroa?

O Grande Rei o olhou confuso. De fato, nunca havia se perguntado. O Rei Tempo não deu espaço para que dissesse mais nada, e emendou:

– Embora olhe para o céu e faça tantas perguntas, é você que dará respostas à vida.

Ao fim dessas palavras, no teto do salão surgiu uma réstia de luz por onde caiu uma escada de corda, que logo se converteu em dupla-hélice, como se estrutura o DNA. Era meio-dia, hora em que o sol, a pino, brilha no fundo do poço. Hora em que o sol, no zênite, desaparece com as sombras. O Grande Rei subiu pela escada feita de corda, alcançou os céus, laçou a cauda de um cometa e partiu. "Partiu" de ir, não de "partido", pois enfim estava inteiro. Foi-se dali como que banhado no açude da coragem. Descobriu como zerar o pensamento. Foi-se bento de suas lágrimas. Tempo! Que planeta misterioso. Que bem-vindo mistério.

19

Exaltado mestre de si, a fim de pôr à prova os conhecimentos que o Rei Tempo lhe outorgara, decidiu voltar à Terra – e assim o fez. Estar aqui, no planeta em que conheceu Rose, naturalmente lhe trazia muitas lembranças. Algumas boas, outras nem tanto. A vida costura os momentos com uma linha chamada "tempo", feito retalhos de uma colcha só. Se nos falta a linha, acabou-se a vida para nós. A morte é tão somente o fim do carretel. Pensamos que momentos são efêmeros, findos neles mesmos, mas não o são. Momentos podem ser até banais, mas veja que por vezes basta um único momento para definir uma vida inteira. Dito assim, um momento pode não acabar em si. Isso vai do "sim" em um pedido de casamento à decisão mais corriqueira que resulta em algo maior.

Disse para si mesmo:

Se o destino for feito aquarela,
Eu sei desmanchar
O vermelho mais tenaz
Em tons de rosa.

Um mar de rosas
Que eu sei navegar,
Apesar de esse mar
Ter tanto espinho.

Acomodou-se em um campo de trigo para ver o sol nascer. Sabemos que, no dia em que Rose se foi, eles assistiam ao contrário – ao pôr do sol. Disse para si:

– O sol precisa se pôr aqui para nascer em algum lugar.

Ficou confabulando sobre onde Rose teria renascido. Se seria mesmo, literalmente, uma estrela no manto do Tempo... E que, se fosse, não haveria estrela mais bonita!

Ver o nascer do sol lhe trazia alegria, pois o nascimento é justo o contrário de sua despedida. Disse baixinho para os raios de luz:

Nas voltas do mundo que gira,
Volta e meia raia a pira
Do seu lumiar no horizonte.

É um reencontro que chega
Colorindo as nuvens
Com paleta aquarelista,
Um laranja canela-fogo que abobora o céu.

Os pássaros cantam
Em alvoroço sem igual
Quando você aponta no horizonte,
É luz para um dia inteiro.

Após sua contemplação matinal, começou uma caminhada sem destino. Eis que por entre os feixes de trigo surgiu uma raposa, que o olhou com a curiosidade própria da espécie.

– Como você é bonita! – disse o Grande Rei de imediato!

– Olá, barba de trigo! – respondeu a raposa.

Ele se sentou no chão, e ela o arrodeava cheirando-o, toda curiosa.

– Faz cócegas! – disse o Grande Rei arrepiado com o fungado que ela lhe deu no cangote.

– Você não é quem parece – comentou a raposa.

– Oh! – exclamou o Grande Rei ofendido. E, após um breve silêncio, perguntou: – E isso lhe traz decepção?

– Não, não... Não é o caso! É que você me lembra alguém de quem sinto saudade.

O Grande Rei já se considerava um mestre em matéria de faltas e saudades. Sabia que saudade demais salga a vida. A pressão é alta, periga pifar o coração. Então, quis ver se conseguia acalentar a raposa:

– Vem cá, deixa eu te dar um abraço.

A raposa se acomodou em seu peito sem nenhuma insegurança, e com carinho ele a abraçou. Confiar assim de imediato não é comum à natureza das raposas. Mas se cativaram com naturalidade, e até mesmo alguma magia.

– De quem sente falta, raposinha? – perguntou ainda abraçado, como em uma conversa que só temos com quem também temos intimidade.

– Sinto falta de um príncipe que se parece contigo.

– Parece na aparência?

– Sim, mas também parece em algo no jeito de ser. Sendo ele um pequeno príncipe e você, um Grande Rei.

– Uma criança?

– Um menino com cabelos de trigo, vindo de um planeta distante...

– "Vindo de um planeta distante"... – repetiu o Grande Rei falando baixinho. Eis que segurou as bochechas fofas da raposa, olhando-a nos olhos, e disse:

– Eu venho de um planeta distante.

– Bem pequeno?

– Pequenino.

– Com dois vulcões ativos?

– Sim.

– E tem um terceiro vulcão adormecido?

– Não... Mas há um montinho de terra que... bem, que parece um vulcão adormecido.

– E tem uma rosa?

– Uma rosa? Não exatamente...

Tinha Rose lá enterrada – que era aquilo que se fazia pensar ser um terceiro vulcão adormecido. Mas o Grande Rei não quis entrar nesse delicado assunto. A raposa continuou:

– Se vocês dois são do mesmo planeta, não é possível que seja um lugar tão pequeno assim. Senão, teriam se encontrado em algum momento!

– É, não é possível...

– Não é! O tempo teria ocasionado esse encontro.

– É, o tempo... – repetiu o Grande Rei baixinho, com o pensamento acelerado. E então, como que em um espasmo, falou:

– Repete o que disse!

– Que não é possível?

– Não, sobre momento.

– Eu disse que teriam se encontrado em algum momento.

– Pode ter sido uma questão de momento...

O Grande Rei estava maquinando com todas as engrenagens de sua cabeça. Pontuou para si mesmo que sua vida era o mistério de seu planeta! Desconhecia a própria origem. Em suas memórias mais antigas, ele já era um principezinho habitando aquela morada, sem pai, nem mãe. Se alimentava do maná que surgia com o orvalho da manhã. Nunca havia saído de lá, até o dia em que se aventurou a desbravar o universo. *Será que toda vez que o habitante do planeta se ausenta, nasce um novo príncipe?*, se perguntou, considerando todas as possibilidades. *Será que a existência desse menino tem alguma relação com eu ter enterrado Rose lá? Será que ele é fruto do nosso amor? Teria Rose sido enterrada grávida em um planeta mágico?*

Devo lembrar à leitora, ao leitor, que até este ponto da história aceitamos feitos fantásticos! Como viajar pelo Universo laçando a cauda de cometas ou estrelas, vida extraterrena e, até agora há pouco, uma raposa falante. Se nós, terráqueos, conseguimos aceitar, quem dirá o Grande Rei, que nem deste nosso mundo é! Para ele, concluir que Rose se tornou mãe no ventre de seu planeta era tão incrível quanto possível.

– Raposa, eu preciso encontrar esse menino! Sinto que tenho uma ligação com o Pequeno Príncipe. Acredito... – respirou fundo e completou em um suspiro – ... que ele seja meu filho!

Ela o olhou com três vezes mais curiosidade e passou a falar apressada:

– Filho!? Escuta, ele andou pelas montanhas, por desertos e por jardins! Tem estado por aí andando por este mundo! Não deixe o teu filho sozinho! Vai, corre e volta aqui! Pois, se para cá ele retornar, estarei aqui para contar a novidade! Dizer-lhe que tem pai, e que o procura!

Uma boa amizade encoraja os sonhos que moram nas nossas loucuras. O Grande Rei saiu apressado, levando em seu coração uma nova esperança.

20

Foi assim que começou a busca do Grande Rei por seu filho. Dedicou-se a procurá-lo no Brasil, apostando no palpite de ele estar nas terras da mãe. Andou por comunidades carentes, onde conheceu crianças incríveis vivendo em cenários de pobreza. Elas tinham os olhos cheios de sonhos, porém os pés descalços. Eram pezinhos que não corriam na grama de parques, mas no cimento ríspido da vida. O Grande Rei contou sobre o dia em que percebeu o tesouro que é ter um par de sandálias. Havia um garoto correndo de pés pelados em um chão imundo. De pronto, recomendou:

– Menino, calce seu chinelo!

– Eu não tenho, tio – respondeu a criança, que voltou a correr.

O Grande Rei achou graça naquele ser traquina, mas repetiu:

DESENHA-ME
UM CHINELO...

– Menino, calce seu chinelo! Nesta terra tem de tudo!

– Mas eu não tenho chinelo, tio!

O garoto já havia dito que não tinha chinelo nenhum. Mas ver uma criança correndo descalça naquele cenário era algo tão difícil de digerir, que o Grande Rei não entendeu de primeira. Tinha lixo, esgoto, cacos de telha... Tinha até um ratinho. A carência daquele menino ia dos pés ao afeto do mundo.

Foi a vez de a criança pedir:

– Desenha-me um chinelo?

O Rei sentiu vontade de chorar, mas disfarçou-a bem. Descalçou a bota de seu pé direito. Cortou a sola em duas e fez um par de sapatos para o garoto. Andaria descalço de um pé daquele ponto em diante, mas considerou valer a pena. A vida já negava coisas demais para aquela criança. Pensou na raposa. Quis voltar aos campos de trigo e perguntar se seu filho tinha calçados. Mas não tinha tempo a perder, pois o Pequeno Príncipe poderia estar em dificuldade. À vista disso, retomou sua busca com o coração apreensivo – na última vez que amou tanto, chorou demais.

Existem muitas pessoas em situação de rua neste pedaço do planeta chamado Brasil. A situação delas é de um constrangimento que revela a preocupação dos reis da Terra com o próprio umbigo. Nas noites frias, trapos servem de cobertores. Dão algum calor. É o abraço dos que nada têm. É o abraço possível.

Será que já nasceram adultos? Todo adulto não foi antes uma criança? Toda criança teve direito à infância? Do que tem medo uma criança que vive na rua? De escuro? Do bicho-papão? Do "homem do saco"? Eram perguntas disparadoras. Os medos de uma criança que vive na rua se esticam até sua "adultescência", sendo sempre os mesmos. É o medo da fome e de uma noite mais fria. É o medo de sofrer uma violência, uma covardia.

Ouviu dizer que os reis das cidades grandes querem varrer as pessoas em situação de rua para debaixo de tapetes quaisquer, para que não "enfeiem" o lugar ou causem constrangimento com sua miséria. Se fosse para um tapete bem quentinho, acho que iriam até de bom grado, se varridos numa noite de inverno paulistano. Mas pessoas não são sujeira e não há tapete que caiba tanta gente. Deve haver outra solução que não seja escondê-las dos nossos olhos. É urgente o tempo de sermos humanos.

Ele olhava para as crianças acostumadas a serem invisíveis, buscando reconhecer o Pequeno Príncipe encolhido em alguma coberta, talvez ao abrigo de uma marquise. Imaginava o futuro daqueles meninos e meninas. Corriam com alguma traquinagem típica da infância, mas seus sonhos envelheciam mais rápido que os das crianças que tinham um lar. Seus sonhos eram desnutridos e secavam sem sorte. O futuro daquelas crianças – se o alcançassem – não estava distante delas próprias. Seriam como os adultos com quem dividiam as ruas. Crianças crescidas que não "venceram na vida" catando latinha. "Falta de esforço", julgaria um menino crescido nascido em berço de ouro, prata, bronze, madeira, palha – mas nunca de molambos. É a ingenuidade forçada de uma meritocracia aclamada injustamente em um país tão desigual.

Chegou uma época que chamamos "Natal". O Grande Rei reparou que porteiros, comerciantes, balconistas e muitos trabalhadores deixavam à mostra caixinhas embaladas em papel de presente. Cada caixinha tinha uma fenda, como se fosse um cofrinho. Munidos destes, os trabalhadores de emprego mais humilde pediam moedas quaisquer a todos, sempre que oportuno. Queriam juntar algum dinheiro para darem a si próprios um presente, ou celebrar o Natal com mais fartura.

Houve então um episódio intrigante: a balconista de uma lanchonete pedia para sua caixinha o troco dos clientes que lhe pagavam o lanche ali comprado. Nesse mesmo lugar, uma menina que vivia nas ruas pedia as moedas do troco desses mesmos clientes, pois tinha fome e queria comprar um lanche qualquer – a comida que o dinheiro desse.

Essa criança foi surpreendida por um segurança, que a pegou pelo braço, dizendo:

– Aqui não permitimos pedintes!

A menina apontou confusa para a balconista, que tinha a seu lado a tal caixinha enfeitada, e perguntou:

– Mas por que ela pode?

O segurança não soube responder. O Grande Rei, me contando a história, também não soube. Eu, sinceramente, também não sei.

Ficamos os dois pensativos. Ali, no alto daquela montanha, rompi o silêncio recitando versos que escrevi em um dia de indignação. Era a minha resposta não ao segurança, mas ao país! Recitar foi uma maneira de também compartilhar algo com o Grande Rei, visto que ele já me contara quase toda a sua história. Compartilhar sobre a amargura que é amar uma pátria e vê-la tão desigual com os seus filhos e filhas... Mãe gentil? Pudera! Recitei:

Brasil, meu braseiro
De vermelho inflamado
Da terra indígena
Do suor escravizado
Do sangue que mancha
Descoberto passado

Brasil, meu braseiro
De história sofrida
De luta, de briga
Nascimento forçado
Reúne e segrega
Rancor destilado

Assopra, braseiro
Velas pro futuro!
Aprenda a conviver
Desmanche seus muros...

Os homens não costumam conversar entre si sobre seus sentimentos. Quem dirá recitar poesia com um amigo no alto de uma montanha! Somos ensinados desde meninos a não chorar, a demonstrar força, a agir com firmeza e a reprimir qualquer momento que baixe nossa guarda, como se se permitir um momento de sensibilidade fosse sinal de fraqueza. Tão cedo

perdemos a chave da própria alma. Trancados para nós mesmos e para o mundo, temerosos de virar chacota, seguimos nossa vida nos espelhando em referências masculinas igualmente trancadas.

A priori, os típicos homens conversam sobre mulheres, futebol e política, não necessariamente nessa ordem, mas quase por regra na mesa de um bar. Aquele momento, conversando de maneira tão aberta com um amigo, era uma raridade! Não só para mim enquanto homem, mas para o universo masculino em si. Talvez o que para o Grande Rei fosse normal, para mim era coisa de outro mundo. Embora ele, de fato, não fosse deste planeta.

Lembro que, quando eu era menino, ficava deitado ao lado do meu pai assistindo ao *Jornal Nacional*. Eu era criança, então naturalmente gostava muito mais de assistir a desenho animado. E que incrível seria se o meu pai assistisse a desenho comigo! Mas ele passava o dia fora de casa trabalhando. Aquele era o momento que tínhamos juntos. Era o nosso momento, e valia o meu esforço de criança! Eu gostava quando perguntavam por mim, e minha mãe respondia: "Tá lá no quarto assistindo ao jornal com o pai". Me sentia tão gente grande...

Uma coisa engraçada é que o meu pai era dono de uma oficina eletrônica, dessas que consertam aparelhos eletrônicos. Ele passava o dia todo rodeado por televisores ligados, vendo justo as notícias. Os aparelhos precisavam ficar em teste depois do conserto até os clientes virem buscá-los. Era a desculpa perfeita para o meu pai assistir a todos os jornais que conseguisse! Eu ficava pensando que, se quando crescesse, eu não fosse virar um dinossauro, ou um super-herói, eu poderia ter uma eletrônica também, e assim teria a desculpa perfeita para passar o dia inteiro assistindo a desenho animado! E quem sabe um dia, se eu tivesse um filho, assistisse com ele em casa também. Planos de um menino. Criança pensa essas coisas sobre o futuro. Criança é feito gente grande, só que maior.

Quando eu fui crescendo, percebi que eu tinha dificuldade em dividir com o meu pai as coisas que eu gostava de fazer. Não de minha parte, mas por resistência dele. Nunca fomos ao cinema, nem à praia, nem assistimos aos documentários de que eu tanto gosto, nem nunca conversamos sobre livro nenhum... Foi quando eu descobri que o meu pai perdeu o pai dele aos oito anos. E tão cedo precisou trabalhar para ajudar a minha avó, viúva, com as despesas do lar. Faltou ao meu pai o direito de ser criança. Faltou também referência paterna que lhe ensinasse sobre como ser pai, um dia. Ele não teve, por exemplo, com quem assistir ao jornal.

Dado esse prejuízo de sua infância, acabei relevando muito de sua postura carrancuda. Olhava para ele com solidariedade. O prejuízo do meu pai também me afetou, mas eu tive mais sorte na vida! Só de eu não ter que começar a trabalhar tão cedo, tive tempo para brincar, estudar e me interessar pelos assuntos que me importam. O curioso é que agora, passado o meio-dia da minha vida, já adulto, com o meu pai idoso e pouca saúde, quando eu estou em casa ainda deito a seu lado para assistir ao jornal.

Fiquei imaginando que bela figura paterna o Grande Rei seria se pudesse encontrar o Pequeno Príncipe. Conversaria sobre as estrelas, os planetas... Sobre literalmente tudo do Universo! A busca dele por seu filho se estendeu por anos. De tempos em tempos, ele ia ao encontro da raposa nos campos de trigo para saber se o principezinho havia voltado e com ela o aguardava, mas sempre sem sucesso. A raposa, por sua vez, o encorajava a seguir com sua busca, e ele sempre a retomava. Às vezes, a raposa deixava um recado em sua toca, e ia com o Grande Rei para lhe fazer companhia.

Quando a busca completava o ciclo de um ano terráqueo, eles faziam uma pequena pausa para refletir sobre o aniversário, pois a data também marcava o início da amizade entre os dois. Em um desses aniversários, o Grande Rei se ajoelhou. Ficou em silêncio com as mãos juntas na altura do peito, dedos entrelaçados e olhos fechados. A raposa pensou que talvez ele estivesse fazendo um pedido. Perguntou, achando perguntar o óbvio:

– Pedindo?

Mas a resposta a surpreendeu:

– Agradecendo...

Embora ele tivesse muitos anseios pelos quais pedir – tanto pelo desejo pessoal de encontrar o Pequeno

Príncipe quanto pelas situações que ele viu durante sua busca e que gostaria de solucionar –, o Grande Rei se limitou a agradecer. Não se sabe ao certo ao que ele agradeceu. Talvez pela amizade da raposa, talvez ao tanto que havia crescido quanto ser humano, talvez por sua saúde... Não se sabe, pois ele não disse. Mas é importante contar essa passagem, pois aquela havia sido uma lição aprendida com o Rei Tempo. Agradecer. De nada vale o conhecimento de boa natureza que não é posto em prática.

21

O Grande Rei compartilhou comigo toda a sua história. Àquela altura, já me incomodava por demais saber que, apesar do esforço e de tudo que sofrera, ele jamais encontraria o Pequeno Príncipe. Eu sabia disso, mas ele não. Senti que já passava do momento de lhe dar a delicada notícia. Precisava lhe contar que seu filho partira devido a uma picada de uma serpente amarela.

Temi sua reação! Talvez procurasse a cobra enfurecido. Talvez voltasse para seu planeta – lugar para onde não retornara desde que enterrou Rose. Ou talvez eu estivesse enganado, e ele aceitasse essas durezas da vida com resignação. Afinal, havia aprendido com o Rei Tempo tudo sobre resignação. Tinha ciência de que a vida é feita mais de situações passageiras do que de situações que se sustentam. Entretanto, lembremos que um momento pode bastar para se pôr tudo a perder. A notícia era das mais delicadas, pois perder um filho é dor das maiores! Algo que vai tão na contramão da lógica da vida, que seria compreensível caso ele surtasse. Principalmente considerando o tanto que sofreu com a morte de Rose. Fosse o que fosse, a verdade lhe era merecida.

– Tem algo que preciso te contar.

O Grande Rei reconheceu gravidade nessas palavras. Era o mesmo pesar que sentiu na voz de Rose, quando lhe dissera estar no fim.

– Pois diga – pediu com expressão firme e ar de quem está pronto, contudo disfarçando que sentia medo.

Eu não soube ir direto ao ponto, sem arrodeios. Ele me contou tantas histórias pessoais, que julguei bom caminho contar-lhe uma história minha. Não uma qualquer, mas uma muito pessoal. Dessas que guardamos nas gavetas da memória, empoeirada pelo tempo e intocável sem o preço de um espirro. Dessas que não bulimos sem bom motivo, feito aquela caixa em que guardamos cartas, bilhetes, ingressos e bugigangas sem valor para outra pessoa, senão para nós mesmos.

Disse-lhe assim:

– Quando eu era menino, havia uma prima que morava na mesma casa que eu. Nós dividíamos o mesmo quarto. Nossas mães nos vestiam combinando, como gêmeos. Uma prima-irmã, apenas um ano mais velha. Eu tinha oito, ela nove. Seu nome: Priscila. Sua mãe – que é minha tia – também morava conosco, pois era divorciada. Houve um ano em que Priscila foi para Pernambuco passar a data de seu aniversário e as férias de junho com o pai. Eu também sempre passava as férias em Pernambuco, na casa do meu avô. Aconteceu que naquele ano fomos sem dizer a ela, pois meu avô planejava fazer uma festa-surpresa de aniversário. Viajamos de ônibus – minha mãe, minha tia e eu. Antes de pegar a estrada, comprei uma máscara de gorila na rodoviária, com minhas economias de criança.

O Grande Rei ouvia atento. Não fazia ideia de aonde essa história com uma prima-irmã e uma máscara de gorila iria chegar. Continuei:

– Quando cheguei a Pernambuco, fui para a fazenda com dois tios: Cacau e Xande. Tio Cacau era delegado de polícia. De tão sério, àquela época raro se via a cor dos seus dentes em um sorriso. Coisa que depois mudou quando ele se aposentou e as netas vieram. Já tio Xande era brincalhão e gostava da algazarra. Dava boas risadas. Sei que seus dentes eram amarelos, pois fumava bastante, e eu sempre os via. Fomos para a fazenda em um fusquinha branco. Chegando lá, um tio-avô também entrou no carro. Sentou no banco do carona e seguimos viagem para algum lugar, que, passados tantos anos, não consigo recordar qual era. E, de fato, isso não tem relevância. Provavelmente algum sítio, pegar alguma sela, servir ração para os cavalos, qualquer coisa do tipo. O caso é que tio Xande, que estava comigo no banco de trás do Fusca, começou uma resenha. Disse assim:

– Neguinho – "Neguinho" é como ele chama o meu tio Cacau, que é seu irmão. –, o que vamos fazer com aquele macaco?

Tio Cacau entendeu que se tratava de uma brincadeira, e encenou!

– Não sei, Xande. Acho que vou soltar no sítio.

O meu tio-avô, que até então não dera uma palavra, se manifestou curioso:

– Macaco!? Que macaco!?

– Ah, é um macaco que Neguinho ganhou de fulano – respondeu tio Xande.

– E vai soltar!?

– Vou, ele é muito grande – disse tio Cacau.

– Não solte, não. Eu o quero! – replicou o meu tio-avô, muito interessado em criar o bicho.

– Mas ele é muito grande! – reforçou tio Cacau.

– Não tem problema! Amarro-lhe uma corrente e prendo num pé de árvore – insistiu o meu tio-avô, interessado por demais no suposto macaco.

Não vamos entrar no mérito de um macaco acorrentado. Aquilo também não fez sentido para mim e não é esse o ponto.

Nesse momento, tio Xande, que estava sentado no banco de trás comigo, vestiu a máscara de gorila e encostou a cabeça no ombro do meu tio-avô, no banco do carona. Este, por sua vez, deu um berro! Tomou o maior susto que você puder imaginar. Tentou até saltar do carro em movimento, mas tio Cacau o impediu, segurando-o pelo braço.

Meu tio-avô então percebeu que se tratava de uma máscara e tudo não passava de uma brincadeira. Tivemos todos uma crise de riso sem precedentes! Gargalhávamos de doer as bochechas. Chorávamos de rir! Eu acho que nunca havia visto os dentes de tio Cacau! Seguíamos rindo, rindo e indo... até que no outro sentido daquela estrada de terra um homem numa moto fez sinal para que encostássemos. Era o sargento Alexandre, um policial militar aposentado, amigo da família. Tinha feição grave, e em poucas palavras disse assim:

– Vão para a casa de padim Carlos.

"Padim" era como ele chamava o meu avô, querendo dizer "compadre".

Vou repetir a fala para retomar a gravidade. Ele disse assim:

– Vão para a casa de padim Carlos, pois houve um acidente de carro e Priscila morreu.

Silêncio.

Embora eu tivesse apenas oito anos, me lembro disso que conto como se tivesse acontecido ontem. Às vezes me parece uma lembrança até mais recente, como se o ocorrido fosse da manhã de hoje. E agora, escrevendo, até o sentimento me retorna. Foi assim que recebi a notícia do falecimento da minha prima-irmã. É curioso como um momento tão alegre pode se verter no silêncio de um luto que chega arrombando as portas. Daquele momento em diante, nenhuma palavra foi dita no interior do Fusca. Em um silêncio de gestos, ninguém me lançou um olhar de preocupação. Eu, por minha vez, olhava no rosto daqueles adultos tentando resgatar o riso da máscara de gorila. Esperançando, talvez, que aquilo também não passasse de uma brincadeira. O Fusca seguiu para a casa do meu avô às pressas, em profundo silêncio. Eu me lembro de tudo – do cheiro da terra molhada pelo mês de chuva, da textura dos bancos do Fusca, do trepidar. E, chegando à casa do meu avô, me lembro principalmente do desnorteio da minha tia, do meu desnorteio, e do de todos.

Naquela noite dormi na casa de tio Cacau. Eu estava assustado e custei a pegar no sono. Acordei perdido na manhã do dia seguinte. Estava sozinho em um lugar diferente daquele em que havia adormecido. Era a casa de tio Xande, cujo terreno ficava ao fundo da casa de tio Cacau – ambas conectadas por uma porta que ligava as áreas de serviço.

Acordei intrigado. Não sabia se as minhas lembranças do dia anterior eram acontecimentos, de fato, ou um pesadelo da noite dormida. Estava descalço, e o piso de cimento queimado nunca foi tão gelado. Avancei pela casa de tio Xande sem ver ninguém – estava vazia. Cheguei à área de serviço, andei por um trecho de terra molhada... Ainda me lembro do cheiro e das pedrinhas maltratando meus pés de menino.

Cheguei à área de serviço da casa de Cacau. Novamente um piso de cimento frio era o meu tapete. Entrei pela cozinha. Mulheres desconhecidas lavavam flores na pia. Flores miúdas, branquinhas, cujo nome é amor-de-mãe. Nem me viram entrando. Da cozinha para a sala, foram poucos passos. No meio da sala, lá estava – um caixão branco do meu tamanho. O tamanho de uma criança. Minha prima-irmã Priscila dentro, pálida como aquela madeira. Coberta de flores. Amor-de-mãe.

Avancei em passos trêmulos. Boquiaberto. Indignado com aquela brincadeira que estava indo longe demais! Confuso. Entendia a morte como destino para velhinhos, nunca para crianças. Me aproximei de Priscila, que me esperava sem opção. Que me recebeu sem reagir. Meu lábio tremia. Senti medo. Quis chorar. E, agora escrevendo, choro.

Senti coisas que o meu coração de menino não consegue hoje explicar para o meu coração de adulto.

Me lembro do bolo do aniversário-surpresa servido sem festa. Glacê rosa. Nada doce.

Reconectado com o peso daquela lembrança da história que lhe contei, fiz uma pausa para respirar fundo e seguir com a minha missão. Pude ver nos olhos do Grande Rei, que estavam enormes, a desconfiança de sua parte sobre o que eu tinha para lhe contar. Pás de terra não disfarçam um abismo. Um abismo é indisfarçável. Para as crateras da vida: paz de céu.

– Grande Rei, se hoje eu te conto essa história, é para que você lembre que a vida pode mesmo ser difícil, e não raro ela é. Eu sinto muito pela dor que sentiu quando Rose se foi, mas o que tenho para te dizer é igualmente custoso de ouvir.

Pelos próximos instantes, os ventos pararam de uivar e os pássaros não cantaram. Fez-se absoluto silêncio. As palavras escalavam-me a garganta, como estalagmites de uma caverna, arranhando-me a voz que engasgava.

– Seu filho... picado... serpente... mais uma estrela no manto do Tempo... eu sinto muito... – contei-lhe.

Seu joelho socou o chão com todo o peso de seu corpo. Ficou ali, ajoelhado em comovente silêncio. A luz tocava seus olhos estáticos, sua boca entreaberta, sua barba de trigo. O peso do mundo em seus ombros. Tocante, a luz brilhava em tudo que não tinha mais jeito. Em sua testa parecia estar escrito: "Por que isso está acontecendo comigo?".

Ajoelhei-me junto em solidariedade. Coloquei a mão em seu ombro e o abracei. Era o estímulo de que ele precisava para derramar a dor do momento. Respirou fundo e chorou baixinho, com pausas para tomar um fôlego enorme. Um choro engasgado de quem se forçava a ser forte. Não era frágil, mas, sabemos, era sensível. Seu pranto não era um sinal de pouca fé, mas o direito natural que um pai tem de lamentar a perda de seu filho.

O Grande Rei sentiu uma vontade enorme de ficar encolhido no chão, chorando até se acabar, como fizera noutro tempo. Mas, vigilante à sua vontade, reagiu. Reuniu suas forças e ficou de pé. Deu por calado resposta por uma breve eternidade, como alguém que está perdido nos próprios pensamentos, tentando se situar.

Olhou nos meus olhos – também marejados – e se despediu:

– Adeus, amigo.

– Adeus? Para onde você vai?

– Voltarei à caverna do Rei Tempo.

– Fique mais um pouco. Você não está em condição de viajar.

Sua resposta foi um sorriso frouxo. Pôs agora ele a mão no meu ombro. Devolveu-me o abraço, dizendo:

– Você é um bom amigo.

Eu lhe respondi:

– Você merecia um amigo melhor.

Afrouxou o abraço, olhou-me com olhos chorosos, arriscou um sorriso mais firme, não conseguiu, e partiu de coração partido.

22

Gostaria de dar mais notícias, mas tudo o que sei deste ponto em diante é fruto de uma carta que entrou voando por uma janela e me encontrou. Acho bonitas as suas dobras de avião de papel, de modo que, sempre que a releio, depois, refaço sua engenharia, guardando-a em forma de aviãozinho. Fico imaginando o momento em que o Grande Rei o arremessou nos ventos de um pôr do sol. Raio de luz endereçado a mim. A carta diz:

Arquiteto, meu amigo,

O delicado testou as minhas forças e eu fraquejei. Cheguei ao planeta do Rei Tempo disposto a confrontá--lo. Encontrar o meu filho seria como recuperar um pouco da Rose, um pedaço de mim. Tão pequeno é o meu mundo, que, quando chove, alaga tudo. Mas, para a minha sorte, tanta chuva me fez forte. Só tem pingo de esperança.

A esperança, como dizem, é a última que morre! Há uma gravidade pouco percebida nesse ditado. Pois, uma vez que ela, a esperança, está morta, significa que antes dela já padecemos nós. Te escrevo primeiro para dizer--lhe que não é prudente cruzar espadas com o Tempo, tampouco se pode brincar com ele. Teimosos, fazemos as duas coisas! Mas alerto: quando estiver brincando com o Tempo, lembre-se de que o Tempo não sabe brincar.

Acabei selando um acordo para que a minha dor passasse – acordo cujo preço foi alto por demais, e que o Rei Tempo só consentiu devido à minha insistência. Aconteceu assim: sua caveira de ouro pousou sem vida no solo da caverna. Então, eu vesti seu manto estrelado sob uma alarmante recomendação de tirá-lo ao primeiro sinal de alívio da dor. Assim que me enrolei no manto do Tempo, senti a dor passando. Foram apenas alguns segundos, mas neles envelheci muitos, muitos anos. Alto preço, pois tempo é vida.

Agora sou um velhinho e estou no fim. Minha pele é enrugada e os meus ossos, frágeis. Decidi voltar para o meu planeta e viver a vida que me resta aqui, com segurança. Longe de tudo que possa me fazer sofrer, ou sofrendo com essa ilusão.

Mas cá uma enorme surpresa me aguardava! Ao chegar, me deparei com uma menininha ruiva de olhos verdes. Uma criancinha. Ela me olhou como se me reconhecesse e sorriu, fazendo um gesto com o pescoço que me é inconfundível. Aquela garotinha era Rose! A pequena Rose! Ela havia renascido como uma flor durante a minha ausência, e se transformara em criança. A rosa da história que a raposa havia me contado, a rosa das histórias do Pequeno Príncipe, era ela... sempre foi ela! Aposto que nasceu aos risos, contrariando todos os bebês. É lindo vê-la aprender sobre a vida, agora com olhos de primeira vez.

Não entendo ao certo, mas este é o mistério do meu planeta – aqui as pessoas primeiro nascem, magicamente, como flores, e só depois se humanizam. Mas não acabou! Houve ainda uma segunda surpresa: perto dos pés da menina havia um girassol – aquele era

o meu filho, o Pequeno Príncipe! Ao padecer na Terra – na história que o aviador escreveu – após a picada da serpente amarela, o menino retornou como flor para sua morada, o nosso planeta. E chegará o dia em que ele também vai se humanizar. Tornar-se um menino... Voltará a ser o Pequeno Príncipe!

Essa parte pode ser confusa, então fiz um desenho para explicar:

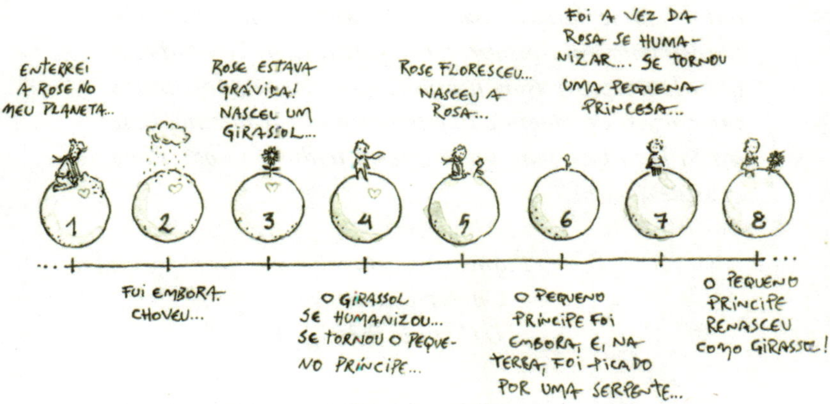

Eu te escrevo esta carta não só para lhe dar essas notícias, mas para alertá-lo sobre os acordos com o Tempo. Como burlei a ordem natural da vida, sinto que o mesmo não acontecerá comigo. O meu fim será perpétuo.

Arquiteto, a eternidade é penosa demais para se carregar um fardo sem propósito. É melhor que perdoe o aperto dos nós e guarde com ternura o sagrado das relações. A beleza dos laços que não são mais. A vida neste orbe é uma fita com a certeza de ser finita. Siga em frente, pois o tempo urge e a tesoura é certa.

Perdi minha juventude para que uma dor passasse e agora convivo com o remorso de estar nos meus últimos anos de vida e não poder ver Rose e o Girassol crescerem. O amor se transforma, arquiteto. Se antes Rose era um amor, hoje continua sendo, mas de uma forma diferente. A pequena Rose hoje é como uma filha que eu quero ver feliz... Logo, por querer sua felicidade, sei que a amo. Depois de amar com tudo, com tudo amarei de novo. O amor é, tome nota: irreversível! O amor – tome nota – se transforma. Então, sobre a tua perda, arquiteto, aquela que o levou para as montanhas, leve-a você ao altar das memórias. Recomendo que tenha fé em si mesmo. E, se a tua fé falhar, tenha a fé que eu tenho em você. Ela é grande demais!

Fique bem, amigo!
Um forte laço!
O Grande Rei

De lá para cá, não tive mais notícias do meu amigo. Várias vezes voltei à montanha onde nos conhecemos, mas ele nunca está lá. Procuro o brilho de sua coroa nas montanhas vizinhas até onde minha vista alcança, mas nunca o vejo. Em algum momento me conformo e sento para contemplar o pôr do sol, e então é como se finalmente eu o encontrasse.

Quando olho para o céu de dia, ainda que eu não consiga ver, sei que as estrelas já estão lá. Não é preguiça dos meus olhos, nem pouco esforço das estrelas.

Eles veem com a força que têm, elas brilham com a luz que podem. Mas, no fim das contas, somos todos isto: reféns do momento! Olho atento imaginando que em algum ponto distante, separados pelo tempo, brilha o meu amigo.

Encontro algum conforto em não saber o nome do Grande Rei, ou até mesmo se ele o tinha. Desse modo, sinto reconhecê-lo nas pessoas quando agem com virtude. E me emociono quando sou eu o virtuoso, reconhecendo-o também em mim. Penso: *O meu amigo ficaria orgulhoso*. Faço de mim meu amigo e me abraço nessa alegria. Corro para um espelho, mas o Grande Rei não se reflete lá. Sou eu. Sempre eu. E, ao espelho, a obrigação de refletir.

Alegria maior seria reencontrá-lo de fato! Para além dos meus sonhos, onde sempre me visita. Para tanto, sigo atento. E confiante de que um dia acontecerá. Mas, caso você o encontre antes de mim, querida leitora, querido leitor, com quem divido esta história que me é tão preciosa, me escreva dizendo: "Eu o encontrei! Eu vi o Grande Rei!". Não importa onde: no alto de uma montanha, em um bailinho de Carnaval, em uma comunidade carente... ou, quem sabe, nos olhos de uma criança! Me escreva dizendo que ele voltou. E, não importa onde eu esteja, de alguma maneira também voltarei.

POSFÁCIO

As pessoas pensam que *O Pequeno Príncipe* é meu livro favorito e que venho fantasiando essa história desde menino. Não é bem assim. Geminiano que sou, não tenho um livro favorito, nem uma música, nem um prato, nem uma cor. Meu primeiro contato com a obra de Exupéry também não aconteceu na infância, mas aos vinte e dois anos, quando peguei um exemplar de *O Pequeno Príncipe* da prateleira de um quarto onde morei de favor, durante o primeiro semestre da faculdade de Arquitetura e Urbanismo, cursada em uma cidade diferente da minha. O livro não estava na prateleira por acaso. A casa que me abrigou era da minha prima Karla, cujo marido se chama Antoine em homenagem ao aviador e escritor Antoine de Saint-Exupéry, que assina a obra em questão. Apesar disso, o marido da minha prima nunca se interessou por lê-lo. Mas eu, sim. O livro estava naquele quarto como um boneco Woody abandonado, e eu também. Certa noite, o tirei da prateleira e li do início ao fim de uma só vez, ventilando suas páginas antigas. Concluída a leitura, fiquei em choque. Então, voltei à dedicatória – pois é um livro que começa na dedicatória

– e recomecei a ler. Eis que fui fisgado pelo sono, que me alcançou àquela altura da madrugada – ou talvez tenha sido o acendedor de lampião, que me apagou pelo cansaço. Dormi profundamente, e a história, profundamente, permaneceu ecoando no meu subconsciente, perdurando até os dias de hoje.

Na faculdade, havia um grupo de croquizeiros urbanos que ia às ruas desenhar praças, feiras, centros históricos, e até mesmo arte tumular, colorindo seus croquis com aquarela, a mesma técnica de pintura utilizada por Exupéry. Uma amiga chamada Luana, entusiasmada com o início do curso, ganhou do seu então namorado um estojinho de aquarelas que ele havia lhe trazido dos Estados Unidos. Quando o estojo é novo, as pastilhas são satisfatoriamente perfeitas, mas, à medida que vão sendo usadas, viram uma meleira de cores, uma bagunça organizada. Luana, além de não saber desenhar, tinha pena de melecar as pastilhas, e acabou por me vender o estojo por um precinho camarada. Luana se formou arquiteta e urbanista, casou com outro rapaz, e hoje cursa Medicina Veterinária. É tolice, mas às vezes fantasio que ela só viveu aquele relacionamento e cursou Arquitetura para me entregar o meu primeiro estojo de aquarela.

O ano era 2014 quando viajei para o interior do Rio de Janeiro com minha amiga Alejandra. Vivemos uma semana mágica fazendo um curso de Bioarquitetura em um lugar chamado TIBA Rose. Ali conheci Marianna, que inspirou a criação da personagem Rose, o que inclui o vestido azul de flores brancas e a magia de suas palavras. Eu sabia que estava diante de uma pessoa com um brilho diferente, e, no entusiasmo daquela viagem, disse-lhe: "Você vai pensar que sou um bobo, mas vou dizer mesmo assim... Acho que estou apaixonado por você". Mari riu! Anos depois vi o Selton Mello, no programa *Altas Horas*, dizer para Marjorie Estiano que se apaixonou por ela durante um trabalho que gravaram juntos, corando Marjorie ao afirmar com pureza que ela é apaixonante. Foi o que aconteceu comigo. Mas no meu caso não era paixão, era amor, fruto dos diálogos irreversíveis que tivemos. O amor às vezes nos confunde, é normal, e a gente pode pensar que é paixão. Mas, não, ele é muito mais puro! Em Mari descobri uma das melhores amigas que alguém pode ter. De lá para cá, nós só nos vimos pessoalmente outras duas vezes. A última delas foi em Niterói, no batizado da sua primeira filha, Amora, de quem Mari me fez padrinho. Naquela semana em que conheci a Mari, desenhei o Grande Rei pela primeira vez, no canto de uma folha que até hoje me encanta. Quando resolvi criar uma companheira para o Grande Rei, fiz uma versão humana da rosa do Pequeno Príncipe, e a batizei com o segundo nome daquele lugar onde conheci a Marianna: Rose.

É comum que a vida se apresente assim, fantasiada de acasos. Um livro abandonado em uma prateleira; um estojo de aquarelas que cai em suas mãos; uma amizade que é para sempre, nascida em uma efêmera viagem de apenas uma semana... Cabe-nos escolher se amarraremos os acasos, vestindo-os de destino, como escolhi. Se daremos a tudo um sentido, como eu fiz. Ou se vamos creditar ao acaso, e seguir fingindo que queremos estar diante do sentido da vida, quando tantas vezes estivemos e escolhemos não o ver.

Nessa viagem ao Rio, eu estava deprimido, tristíssimo com o fim de um relacionamento. Boa parte deste livro é a memória póstuma de uma tristeza que quase acabou comigo, mas que não existe mais. Se, durante a leitura, você pensou que eu estou triste até os dias de hoje, saiba que não. Isso passou. Quando nestas páginas foi dito que o amor pode se transformar sem deixar de ser amor, acredite! Respeitado o tempo necessário, Vanessa e eu voltamos a ser bons amigos, mesmo após o nosso término. Vanessa faz comentários muito interessantes sobre a vida, e possui um humor que só ela tem. É uma alegria não precisar viver sem isso! E espero um dia ser também amigo de sua filha, Jazz.

Certa feita, quando eu ainda navegava nos mares da tristeza, desenhei o Grande Rei pela segunda vez. O fiz rasgando uma jiboia para libertar um elefante, em nome do absurdo que é um elefante se deixar engolir por uma jiboia. Publiquei aquela ilustração no meu Facebook, há muito desativado. Um amigo de nome João gostou. E, depois de um terceiro desenho, incentivou que eu criasse uma página. Outro amigo, Madson – este quase um pai –, me apresentou as montanhas que descrevo nos primeiros capítulos deste livro. E as montanhas, por sua vez, me oportunizaram estar nas alturas sem tirar os pés do chão. Madson me ensinou que ser "grande" não é ser maior, mas ser mais: mais paciente, mais generoso, mais fraterno, mais resignado... Pessoas podem ser os tesouros da nossa vida, e não raro o são. Uma grande alegria que podemos viver é nos dar conta de quão especiais as pessoas são em nossa vida, com a relação ainda em curso. Outra amiga, Roberta, que torce muito por mim, sempre pergunta quando vou começar a ganhar dinheiro com o Grande Rei. Ela diz: "Tem gente com muito menos seguidores vivendo disso!". Não gosto da palavra "seguidores", assim aplicada. E, do modo como compreendo, as pessoas não me seguem, elas me acompanham. Ao longo desses dez anos, minha realização tem sido me expressar para um público cativo, pessoas que se importam. E, em contrapartida, acolher essas pessoas nas confidências tão delicadas que me fazem. E assim tem sido. Se eu estivesse fazendo isso por dinheiro, já teria ao menos uma lojinha virtual para vender o que quer que fosse. Passados dez anos, quem quer uma camisa ou uma caneca de o Grande Rei ainda precisa fazê-la. Ao menos por enquanto. Roberta é uma amiga muito coerente! Seu questionamento não é sobre dinheiro. É sobre viver do que me faz vivo.

Comecei a escrever este livro em outubro de 2015. Boa parte da minha tristeza foi enterrada com trabalho voluntário. Foram seis anos de voluntariado em uma instituição chamada TETO, presente em dezenove países da América Latina, com um projeto seríssimo de desenvolvimento comunitário, entre os quais se destaca a construção de moradias de emergência para famílias em situações vulneráveis. Esses seis anos me colocaram cara a cara com a face mais sofrida do nosso país: a pobreza extrema. Descobri cenários que antes eu só via na televisão, coexistindo comigo mais próximo do que eu imaginava. Derramei muitas lágrimas e suor trabalhando com a TETO. Perdi as contas de quantas casas de madeira ajudei a construir, e até hoje as minhas mãos são calejadas. Compartilhar isso contextualiza alguns capítulos deste livro, e o período em que foi escrito.

Tenho facilidade para fazer amizade com crianças. Trabalhando com a TETO, conheci muitas que verdadeiramente me cativaram. Isso deveria ser algo bom, e só. Mas a verdade é que eu passei a viver um tanto aflito com a perspectiva de futuro delas. E a viver em atrito com um dos valores da TETO: o "otimismo". A preocupação do Grande Rei em encontrar o seu filho, como foi lido, se dá por esse motivo. O Grande Rei é um personagem muito mais afeito à realidade do que à realeza do seu nome. A personagem dona Lili, que planta estrelas, por exemplo, existe. Eu a conheci morando em uma casa de palha, em um acampamento do MST, na divisa da Bahia com Sergipe. O nome dela não é Lili. Dei esse nome por causa da "Liberdade" cantada por Edson Gomes. Já o trecho que menciona um menino sem chinelos aconteceu no Rio de Janeiro. Ouvi esse relato de uma voluntária que estava construindo comigo na Bahia. O episódio da criança pedinte em uma rodoviária, em um dezembro já natalino, também aconteceu. E, assim, este livro foi costurado.

Quando o Felipe Brandão, da Editora Planeta, me enviou o e-mail com o contrato para a publicação de *O Grande Rei*, eu estava em uma comunidade chamada "Raso", em Canudos, no sertão da Bahia. Fui como artista voluntário, junto com minha amiga de infância Miu Monteiro, desenhar e pintar na fachada de algumas casas daquela comunidade para mudar o seu astral. Ali conheci dona Alvina, que me hospedou em sua casa. De manhã cedinho, eu saía para caminhar com dona Alvina, afeita à atividade física. Ela me contava, preocupada, sobre uma raposa arisca que avançava no mocotó das pessoas, e vivia naquela região. Eu sempre respondia: "Não se preocupe, sou amigo das raposas...". Dona Alvina, por sua vez, nunca entendeu a piada. Aquela foi uma semana interessantíssima! Por meio do Projeto Canudos, conheci um coletivo de costureiras unidas para mudar a realidade de suas vidas; conheci um motorista de ônibus escolar que encontrava sua realização nas horas vagas quando esculpia a fauna da região com um canivete em madeira de umburana; nas primeiras horas da manhã e nas últimas da tarde, cortavam o céu livre de prédios araras-azuis-de-lear que só existem ali. Foram memórias bonitas demais para que eu compartilhasse apenas com minha amiga Miu. Ainda que muito entusiasmado com o contrato para assinar, pedi um pouco mais de prazo para o Felipe, a fim de que eu pudesse escrever e acrescentar um capítulo sobre Canudos. Saiba que ele foi o último capítulo escrito e cuidadosamente encaixado na história.

Entre tantos acontecimentos que contribuíram para a existência de o Grande Rei, talvez você pense: *Se o marido daquela prima não se chamasse Antoine, você não teria encontrado o livro* O Pequeno Príncipe *em uma prateleira, e* O Grande Rei *não existiria!* Ou, então: *Se aquela sua amiga não tivesse lhe vendido o estojo de aquarelas,* O Grande Rei *não existiria.* Ou, ainda: *Se aquele seu amigo não tivesse lhe dito para fazer uma página,* O Grande Rei *encerraria em duas ou três aquarelas.* Ou, acolhendo as lições do sofrimento, como bem nos ensina Adélia Prado: *Se aquele seu relacionamento não tivesse acabado,* O Grande Rei *não teria sido parido por sua alma.* Entre tantas suposições, imagino que todas estão corretas, e que existam ainda outras! *O Grande Rei* é mesmo uma soma de muitíssimos fatores. Mas, se me permite, gostaria de compartilhar a minha teoria: se a minha mãe, Maria Júlia, não tivesse me parido, eu não existiria; e, se não tivesse me criado com tanto amor, eu seria outra pessoa, alguém incompatível com o Grande Rei. Este livro é dedicado ao meu avô – o maior contador de histórias que conheço –, e isso é o mesmo que dedicá-lo à minha mãe, responsável não pelo personagem, mas pelo autor.

Encerrando este posfácio, depois de te entregar os "tesouros do que sei", como canto em "Gigante Feito Criança", tenho um último comentário. Quando as pessoas me perguntavam se havia um livro do Grande Rei publicado, ou se um dia eu o publicaria, imagino que elas pensavam que seria uma coletânea física das minhas publicações virtuais, repetindo as ilustrações e legendas. Poderia ser, e talvez um dia eu o faça. Mas, não. Estas páginas contam a história que eu nunca contei. A história que costura todas as outras. Se este foi o seu primeiro contato com o Grande Rei, garanto ter sido uma experiência inédita. Mas, se você me acompanha há alguns anos, ela foi reveladora. Saiba que te entreguei o meu filho, criado para o mundo, e torço para que o mundo lhe dê amor.

Obrigado por me acompanhar até aqui!
Plínio

Acreditamos nos livros

Este livro foi composto em Joly Text
e impresso pela Gráfica Santa Marta para a
Editora Planeta do Brasil em dezembro de 2024.